JN106714

スグリⅡ

―空飛ぶ民族―

野崎ゆきえ
NOZAKI Yukie

文芸社

スグリⅡ

―空飛ぶ民族―

目次

本文イラスト：金斗紘

主な登場人物

スグリ	天帝の孫娘でその後継者。幼い頃より父親スバルから天上の国について役立つ知識を受け継いで育つ。舞の名手
天帝	天狗(てんぐ)とカラス天狗一族を自由に駆使(くし)し、天上界の日読み国を治める
后(きさき)	天帝の美しい后。千里眼の不思議な力を持つ
皇太子日明(たちもり)	下界の皇室から天界に修行に来る皇太子。将棋(しょうぎ)の名手
ひすい王子	月読み国王の一人息子。ひすいの珠のように貴重で大切な王子
天狗の鬼灯火(ほおずき)	日読み国や天帝の宮殿を警備(けいび)する天狗の総大将。明の大臣
天狗の鬼蜘蛛(おにぐも)	スグリの護衛役(ごえいやく)
鬼蜘蛛の双子(ふたご)の甥(おい)	兄はアオゲ、弟はオナガという。勇気のある賢い双子
カラス天狗の千足	下界の情報を集めるカラス天狗の総大将。闇(やみ)の大臣
カラス天狗の十足	スグリの護衛役
柿葉(かきは)	祭宮取締役。大巫女(おおみこ)。歌の名手。スグリのおば

小白(こしろ)	柿葉のたった一人の妹。スグリの亡き母親。舞の名手
スバル	スグリの亡き父親。天帝の頭脳明晰(ずのうめいせき)な世継ぎ
ホスル	スバルの弟。月読み国の王。ひすい王子の父親
薬師(くすし)の仙人	病や老いによる苦痛を消す薬の研究に励(はげ)む
ミツバチじいさん	ミツバチを通して、豊かな自然を守り通している
サザナミヤッコ船長	空飛ぶ民族を率いる指導者。航海日誌をつけている
占いウバ様	不思議な占いをする。ツバキ姫を養育(よういく)している
ツバキ姫	霊弱児(ひよるこ)と呼ばれるわがままな少女
空飛ぶ民族	摩天崖(まてんがい)を飛び降りて漁をする一団
大神官ユラギ様	星読み国を治める
第一夫人	ツバキ姫の母親
第二夫人	神官たちを味方につけ悪巧(わるだく)みをする

登場するもののけたち

火球、ツチノコ、人取り石、山の中の大音響、魔風、黒こげの大蛇、影取り沼、竜が淵、竜神、八角堂の大足、不思議な姫君、夫婦木、八の字マムシ、三千年に一度実をつける桃とそのハチミツ、かわうその化け物、足曲がり、力持ちの幽霊、風狸、錫杖の熱いお地蔵さま、金の水槽、幻の甘露水、巨大ズアカムカデ、ツノのある人食いの鳴きウナギ、カマイタチ、蝶の大群、金色のライオン、火の玉

注　もののけとは、不思議な神秘的な存在。山や里、海や川など、自然の力の強いところに見られる現象や出来事。または、その要因になる妖怪のことをいう。

一　あやしき火球（かきゅう）

山奥深く切り立った崖（がけ）に阻（はば）まれた谷あいは、古代より地獄谷と呼ばれていた。そこは死別した人に会えるということで知られている谷で、年間を通して無数の蝶（ちょう）が集（つど）って舞い遊ぶ様は、死霊（しりょう）が蝶の姿を借りていると人々に信じられていた。崖の岩肌（いわはだ）には湧（わ）き水が染み出ており、周囲一面シダなどの緑におおわれた小さな草原であった。

夕暮れ迫る地獄谷に、日読み国の至宝（しほう）とまで称（たた）えられた大巫女（おおみこ）柿葉（かきは）の美しい歌声が流れていた。山々にこだまする天女のようなおばの歌声に合わせて、スグリ姫は亡き両親への追悼（ついとう）の舞を捧（ささ）げていた。十四歳の少女は、しとやかな舞姿を見せ、優しげな風情（ふぜい）を漂わせている。

「あの世とこの世に別（わか）れていても
いつも心は結ばれている
わたしの中にあなたがいるように
あなたの中にわたしがいると信じたい
あの世とこの世に違いはあっても

何も少しも変わりはない
わたしはいつもあなたといるから
あなたの愛をいつも感じるから
わたしたちのきずなは誰にも切れない
永遠に消えはしない」

様々な蝶が、幻のようにスグリを取り囲んで舞っていた。頭に冠をのせて、裾を引いた優雅な衣をまとったオオミズアオとオナガミズアオは、姫の紅潮した頬やしなやかな体に寄り添うように、羽ばたいてはひるがえり、漂っては再び羽ばたく。

二人の歌と舞は、連れ立ってやってきた一行の心に深く染み渡っていった。

スグリの祖父である太陽を司る日読み国の天帝は、鼻筋の通った厳めしい顔をゆがめてつぶやいた。

「スバルと小白の魂じゃな。二人とも、蝶になってわしらに会いに来ておる。

ああ、スバル。そして小白よ。許してくれ。わしが悪かった」

天上の小さな国々を統べていかれるようにと名づけたスバル（統ばる）は、頭脳明晰な総領息子であった。そのため、天帝の期待も大きかったが、兄を補するようにと名づけたやんちゃな弟のホスルと違って、スバルは大人しすぎた。笛を吹き、本や巻物を読むのを好む性分が、武勇で知られた天帝タケル（武る）には物足りなかった。

「弱虫。もっと強くなれ」

と、天帝はスバルの顔さえみれば叱咤激励していた。気弱なスバルの后にはしっかりした女人が必要だと、天帝は考えずにはいられなかった。それには、幼い頃から宮殿の祭宮で巫女修行に励んでいた柿葉の勝気な気性とその美貌こそが、スバルの后に最適だと天帝には思われ、長いことそう公言してきた。

ところが、スバルは姉の柿葉ではなく、妹の小白を后に望んだ。柿葉では鼻面をとって引き回されそうな気がするが、小白ならば弱虫の自分でも守ってやれそうだと思ったからであろうか。

天帝は失望し激怒した。舞の名手ではあるが小白は内気すぎる。人見知りも激しくて、后の役目などとうてい果たせるはずがなかった。

長いことスバルと小白の結婚を反対し続けた結果、二人とも自然破壊の進んだ劣悪な環境の下界に駆け落ちしてしまい、生活苦から衰弱死してしまった。天帝は、取り返しのつかぬことをしたと自らを責めた。

孤児になり数々の苦労を重ねて天上界に戻ってきたスグリ姫と、たった一人の妹を亡くした柿葉に、済まぬことをしたと後悔していた。

父親から弱いとなじられて育ったスバルは、妻の懐妊が分かった時に「優れた者になれ」と願いを込めてスグル（優る）という名前を用意した。姫宮だったのでスグリと名づけたスバルは、短い生涯を終える前に、知り得た知識をできる限り愛娘に託していったのだった。姉の柿葉と同じく厳しい巫女修行に耐え大巫女にまでなっていた母親の小白は、スグリがまだ立つこともできない頃から、祭宮のしきたりや古代から伝わる歌や舞などを手ほどきした。

宮殿に迎えられて三年が経ち、スグリは父親から授かった深い知識と、母親から教わった優れた舞の技量により、皆から厚い信頼をよせられていた。

気丈に振る舞っている天帝であったが、心を許した后にだけは、スバルを失った悲しみや喪失感を語っていた。涙が落ちて止まらない夜も多かったが、心をこめて慰めてくれる后の言葉に癒され励まされて、何とか今日まで持ちこたえてきていた。

少しも年齢を感じさせない若々しい后は、孫姫の周りを飛翔する特別美しい二匹の蝶の姿を身じろぎもせずに見詰めていた。千里眼の不思議な力を持つ后は、オオミズアオとオナガミズアオが、スグリにささやく言葉を聴き取っているのかもしれなかった。

天狗とカラス天狗の兵隊たちも皆、言葉を失っていた。いつ見ても死霊が蝶の姿をかりて舞っている様は、魅惑的であると同時にとんでもなく恐ろしくもあった。

突然、スグリの愛犬である黒影が、寝そべっていた巨体を起こし、全身に緊張の色をみなぎらせて空を睨(にら)んだ。

「ワォーン」

凄(すさ)まじい遠吠えに、一同は肝(きも)を冷やした。

夕暮れの空に、見たこともない程巨大な赤い火球があらわれ、ゆっくりと遠い東北の山並みに向かって落ちていく。

緑が陰をなす地獄谷一帯に、紫色の炎が燃え上がった。

「火球だ。不気味な火球だぞ」

「あんなに長く尾を引いて、真っ赤に燃えている」

辺りが異様な紫色の光に包まれ、昼間のように明るくなった。奇怪な光の現象は、光自身に意志があるようにいろいろな変化を見せる。

「全身にからみつくこの奇妙な光は、いったいどうしたことか」

「様々な模様を描いては消えていく」

天狗やカラス天狗の兵隊たちは、恐怖の表情を浮かべてざわめいた。

「ものども静まれ。持ち場につけ」

赤紫の光が映(は)える銀髪を振り乱したカラス天狗の総大将千足(せんそく)は、尖(とが)った緑色のくちばしから押し殺したようなしゃがれ声を出して命じた。千足という名前は、闇の大臣と称されるカラス天狗の頂点に立つ唯(ただ)一人にしか許されない尊い名前であった。

「落ち着け。ただの流れ星ではないか」

明けの大臣、天狗一族の頂点に立つ総大将鬼灯火（ほおずき）も、がらがら声を張り上げた。赤ら顔の真ん中に握りこぶし大の鼻がにょっきり突き出し、ぎょろぎょろ目玉が威圧感を漂わせている。

浮き足だって驚き惑（まど）っていた兵隊たちは、一斉に引き締まった。

千足と鬼灯火は、刀のつばに手をかけながら、いち早く天帝と后のお側に駆けつけていた。何事かあれば命に代えても守り抜く覚悟の二人だった。

スグリの傍（かたわ）らには、天狗の鬼蜘蛛（おにぐも）とカラス天狗の十足（じゅっそく）が控えていた。兵士たちは弓をつがえたり、刀のつばに手をかけたりしながら、妖（あや）しい火球を息を飲んで見つめている。

「不吉な予感がする。何か良からぬことが起こりましょうぞ」

后が、細い柳の葉のような眉をひそめて呟（つぶや）いた。后の言ったことは必ず本当のことになるので、一同は皆不安な気持ちに襲（おそ）われた。

「長居（ながい）は無用じゃ。さあ、急いで宮殿に戻りましょう」

鬼灯火が、天帝や后、そしてスグリや柿葉に輿（こし）に乗るように促（うなが）した。

「早く帰って、何事が起きても心配ないように備えた方がよさそうじゃ」

と、人一倍用心深く慎重な千足も頷（うなず）いて言った。

女千木（めちぎ）を備えた豪壮な大社造（たいしゃづく）りの宮殿でも、大勢の警護の者や内侍たちは皆、見たこともない程の大きな火球に怯えていた。

「地獄谷に向かわれた姫様たちは、ご無事であろうか」

十九歳になる侍女のアザミは、火球が現れてからというものスグリ姫を心配してずっと泣き続けていた。下屋敷から宮殿に上がってきたアザミはスグリ姫思いで知られていた。

「大丈夫ですよ。天帝様もお后様も、祭宮取締役の柿葉様も皆ご一緒ですもの」

「天狗の総大将鬼灯火様や、カラス天狗の総大将千足様はじめ、ご家来衆が大勢ついておりますから心配はありませぬ。それより、こんな時こそ気をしっかりもって、宮殿を守らなければいけませぬぞ」

「そうじゃ。取り乱している場合ではありませぬ」

内侍たちは、口々にアザミに言って聞かせると、それぞれきりっとした眼を火球に向けて、油断なく身構えるのであった。


「スグリ姫様、ご無事で良かった」

侍女のアザミは、スグリの姿を目にすると、泣きはらした顔にやっと笑顔を見せた。その他の侍女や内侍たちも、后や柿葉の無事を確認して一様にほっとした表情を浮かべた。

千足は、急いで長旅にも耐えられるように支度を改めると、カラス天狗の精鋭たちを引き連れて探索（たんさく）に出かけて行った。

　日読み国の東北の山里深く、白神山地には薬師（くすし）の仙人が住んでいる。仙人の配下の者たちが造りだす良薬に、日読み国のほとんどの者が頼っていた。もし、仙人たちに危難が及ぶようであれば、力を尽くして助けるようにと天帝より厳命（げんめい）がおりていた。仙人にはまだ後継者がいないために、大変な事態になる恐れが十分にあったのだった。知恵と武勇に優れたカラス天狗の一行が駆けつければ一安心であろうと、スグリも騒ぐ心が少し静まった。

　火球が出現してから十日後、探索に出かけた千足たち一行は、疲れた様子を見せながら戻ってきた。

　仙人たちは無事であったが、日読み国の東北地方一帯に児童の神隠（かみかく）しが多発していた。いなくなった子どもたちを捜すのを手伝ってきた疲労のため、土気色めいて見える緑のくちばしを開いて、千足は天帝に報告する。

「それが不思議なのでございまする。行方不明になった者は皆、五歳から十二、三歳になる男の子ばかり。毎日、十人近くの子どもの姿が見えなくなり大騒ぎでございました。

　どこを捜（さが）しても手がかり一つなく、どの村や里でも弱りきっておりました。

　ところが思いがけないことに、最初にいなくなった子どもたちが七日ぶりに戻ってきたのでございまする。怪我や病気もしておらず健康そのものなので、皆ほっとしたのですが、何故かどの子も神隠しにあっていた日にち分の記憶が欠けているのでございます。

二度目に消えた子どもたちが戻ってきた時も同じ有様で、誰が何の目的でそんないたずらをしているものやら、さっぱり見当もつきませぬ。それでも七日たてば子どもたちは無事に戻ってくることが分かり、人心は少し落ち着いてきたところです。

しかしながら、依然神隠しは続いておりまする。消えた子どもたちの家族の心配はただ事ではありませぬ。寝込んだり、体調を崩したりする父親や母親などが続出しており、薬師の仙人様のところへは、精神安定剤や眠り薬の注文が殺到しておりました。

神隠しの範囲が次第に都の方へ近づいておりますのが気になりまする。男子のいる家は気をつけるようにと、早めにおふれを出した方がよろしいかもしれませぬ」

天帝はうなずいて言った。

「不思議な話じゃの。先日の無気味な火球の出現と、男の子の神隠しの件といい、何か因果関係があるのかの。狩猟民族の月読み国と下界の方はどうなっておるのじゃ。神隠しは起きておらぬのか」

「配下の者を派遣して調べさせましたが、幸い月読み国と下界の鬼の世界には何事も起きておりませぬ」

「そうか。それでは月読み国の我が子ホスル王と孫のひすい王子は心配ないか。千足よ、引き続き探索の方よろしく頼んだぞ」

「ははっ。かしこまりました」

「日読み国全体に、おふれはわしが責任を持って出しておきましょう。また月読み国にも気をつけるように連絡を致しまする」

天狗の鬼灯火はそう言った後、盟友で義兄弟の契りを交わしたカラス天狗の千足をねぎらった。

「千足よ、さぞ疲れたであろう。ゆっくり休めるように、今晩の寝酒にとっておきの銘酒、桃源焼きのかめに入ったどぶろくを届けようぞ」

「それは嬉しい。桃源のどぶろくは黄金色のものが浮いており、そこがたまらぬ味がする絶品じゃ。疲れもよくとれそうじゃな」

鬼灯火と同様、酒に目がない千足はたいへん喜んだ。

二　神隠（かみかく）しにあった双子（ふたご）

「たいへんでございます。鬼蜘蛛（おにぐも）様のお妹様が見えられて、お兄様に会いたい、助けていただきたいとひどく泣かれていらっしゃいまする」

后（きさき）の部屋を訪ねて談笑していたスグリ姫の元へ、侍女（じじょ）のアザミがあわてた風にやってきた。スグリを護衛（ごえい）していた天狗の鬼蜘蛛は、見る間に血相を変えた。鬼蜘蛛の妹思いは昔から有名であった。

「構わぬ。ここへ通せ。わらわも話を聞こうぞ」

后も眉をひそめて心配する。

天狗（てんぐ）の鬼蜘蛛の妹は、カラス天狗の若者に見そめられて、宮殿の北側にあるサイカチ山に嫁いでいた。久し振りに顔を見せたいとしい妹が、手放しで身も世もなく泣いているので、兄の鬼蜘蛛はカッとした。

号泣している妹を見るのは、たえ難（がた）くつらかった。

「いったいどうしたっていうんだよ。泣いてばかりじゃ分からぬではないか。何があったというのだ。まさか、だんなに何かあったのでは」

「アアーン、お兄様、助けて、助けてください。だんな様じゃない。子どもがいなくなった。双子のアオゲとオナガが消えてしまったんです。まだ三歳にしかならないのに、昨日から家に帰ってこない。沼にはまったか、もののけにとって食われでもしたか。

だんな様は一晩中子どもたちを捜(さが)してへとへとになっております。それでも、あちらこちら考えつく所は、すべて駆(か)けずり回っているはず。

ああ、もうどうしていいか分からない。アアーン、アアーン、双子が消えてしまった。いなくなった」

「これ、取り乱すものではない。お后様の御前じゃぞ」

鬼蜘蛛が、妹をたしなめた。

「気にせずともよい。秘蔵(ひぞう)っ子の双子がいなくなれば、さぞ心配じゃろう。母親なら泣くのは当たり前じゃ。無理はない」

后は、鬼蜘蛛の妹のために、気を落ち着かせる薬草茶を飲ませるように内侍に命じた。それから、皆を見回して言った。

「先日、千足(せんぞく)の言ったことを覚えておるか。東北地方で子どもの神隠しが続出しておると」

「はい。都にも起こるかもしれないとおふれが出ました」

スグリが答えると、

「それではないのかの。ついにその神隠しがこの辺りでも起き始めたのじゃ。五歳から十二、三歳位の年頃の男子が被害にあっておるという話じゃが。カラス天狗は育ちが速い。双子は三歳ではあっても、人間にすれば五、六歳の体格はしておろう。

心配していたことがいよいよ起こったのじゃ。わらわには、そんな気がしてならぬ」

「誰が双子をさらったというのか」

天狗の鬼蜘蛛は激怒した。目に入れても痛くない程可愛くてたまらない甥たちであった。すぐに双子を捜しに出かける決心をした。

「スグリ姫様、このままにはしておけませぬ故、わたしはしばらく休暇をいただきまする」

「一緒に捜してあげよう。鬼蜘蛛の一大事とあれば放っては置けぬ。

ねえ、いいでしょう、おばあ様。アオゲとオナガの双子を捜しに行っても」

と、スグリはきっぱりと言った。

「わたしもお供をいたしまする」

カラス天狗の十足も宣言した。ミヤマ、ハシブト、ハシボソ、ホシ、セグロ、コクマル、ワタリなどの部族に分かれ手柄など競っていても、いざという時には固く結束して助け合うのが、カラス天狗界のおきてでもあった。

「スグリ姫よ。その顔つきでは止めても無駄なようじゃな。分かった。くれぐれも気をつけて行ってくるのじゃぞ。そなたは日読み国の大切な後継者なのじゃから。

それに、双子のことはそう案ずることはない。七日もたてばさらわれた者は皆家に戻ってくるというからの。しかし、誰が何の目的でこんな人騒がせなことをしているものであろうか」

と、后はため息をついた。

　スグリの旅立ちを天帝も許した。

「可愛い孫には旅をさせよか。大切に床の間に飾っておきたいスグリ姫じゃが、仕方があるまい。日読み国を治めるには余程の力量が必要じゃ。宮殿から出したくはないが、身分を隠し、後ろ盾も何もない普通の子どもとしてがんばって修行して参れ。

　苦労が人を育てる。難儀にあいそれを解決してこそ、日読み国の頂点に立つ器となる資質が養われるというものじゃ。

　そなたが旅立つにあたって頼みがある。

『幻の甘露水』をまた見つけてきてほしいのじゃ。后は病弱で頭痛という持病持ちであるのに、皆に分けて飲ませてしまいなくなってしまった。白神山地の薬師の仙人から分けてもらおうとしたが、もうあそこにもないという。

　仙人の甘露水造りの研究も中断しているそうじゃ。

　幻の『ツチノコ』という蛇と、『三千年に一度実をつけるという桃の実』があれば、研究も進むという話じゃが。

　スグリ姫よ、双子を捜しながら、何とかしてそれらも見つけてきてくれぬか。カラス天狗の千足たちが血眼になって探しまわっているが、さっぱり成果があがっておらぬ。それ程難しいということじゃ。
幼き頃より、我が亡き聡明（そうめい）な息子スバルから天上界の不思議を聞いて育ったそなたなれば、何とか見つけ出してくれるやもしれぬ。ただし既（すで）に十分過ぎる程の知力を持つそなたであるが、危険なもののけも数多いゆえ、無事に戻ってくることを、わしも后も心から願っておるぞ」

スグリは、おじい様の望む物全てを手に入れようと思った。また、人々を病魔の苦しみから救うために、治療法や薬の開発に明け暮れている白神山地の薬師の仙人の力にもなりたかった。

夜更けに、スグリは后に呼ばれた。

「スグリ姫よ。旅に出るにあたり、わらわからも内密（ないみつ）の頼みがある。
実は、日読み国の西南の方角が気になってならぬ。とてつもない断崖絶壁（だんがいぜっぺき）の辺りに、何か変事が起きておる。火球が現れてからというもの、その思いが強く浮かびどうにも胸騒ぎがしてならぬのじゃ。自ら調べに行きたいところじゃが、帝のお身体が心配でそうもいかぬ。わらわが仮病を使って引きこもり皆に隠れて旅に出れば、スバル亡き後、ただでさえ気落ちしておる帝の心痛（しんつう）はいや増し、ますますお弱りになるばかりであろう」

「おばあ様が仮病。そして、引きこもって旅に出るって。それってまさか。
やはり、おばあ様がお茶しんけいだったのですね」

スグリは、心底驚いた。

（よりによってこんなに美しいおばあ様が、髪もくちゃくちゃでぼろ布をまとった垢だらけの汚い物もらいだったなんて。かさぶただらけの醜い顔にひび割れた手足をしたお茶しんけいは、わたしがはじめて日読み国にやってきた時に、鬼越の集落で村人たちに石をぶつけられていた。額に血が出ても気がつかない程病んでいた様子だった。まさか、おばあ様がそうだったなんて、何という並外れた精神力と演技力の持ち主なんでしょう）

后は、微笑んで言った。

「よいか、帝はわらわのことを病弱の持病持ちじゃと信じておる。長いこと帝を騙していたと分かれば、どんなにお怒りになるか分からない。宮殿の外に出て諸国漫遊するのは、わらわの楽しみ、また修行でもあったのじゃが。今は帝の方が大事なゆえ、そなたに頼む外はない」

「分かりました。おばあ様のご心配なところを、わたくしが見て参ります。お父様に男として育てられたのですから、冒険なら任せてください」

スグリは力強く宣言した。

父親から聞いていて、ツチノコも三千年に一度実をつけるという桃も西南の方角であることが、スグリには分かっていた。幻の甘露水だけは気まぐれに出没するので、どこにあるのか見当もつかなかったが。

侍女のアザミは、スグリの旅立ちを知り涙を流した。旅に同行することはできなかったからであった。物知りのスグリ姫の侍女として宮殿に上がったからには、アザミは姫宮を支えるに十分な教養や宮殿内のしきたり、礼儀作法などを身につけなければならなかった。

「アザミよ。そなたは侍女や内侍としての勉強を積まねばなるまい。

スグリ姫の側近として、今こそ勉強し力をつけなければならぬ時じゃぞ」

后の計らいで、それは厳しい教育課程が組まれていた。それを身につけなければ、宮殿にはいられない。今更おめおめと桃源屋敷の下働きに戻ってたまるか。勝ち気なアザミは、姫宮を守るにふさわしい立派な女官、内侍になろうと固く心に誓っていた。


スグリの旅立ちに際して、おばの柿葉がやってきて言った。

「この切子玉は、わたくしが大巫女になった時に帝からいただいたもの。色こそ違え、そなたの母親の切子玉とおそろいにできておる。いつかそなたにやろうと思うていたが、今がその時のような気がしてならぬ。

紫色の切子玉は、持ち主の品位を高め高貴な魂であるように守ってくれる。よいか、どのようなことがあろうと、そなたは日読み国の姫宮であるということを忘れてはならぬぞ」

柿葉は、スグリの首から妹小白の形見の桃色の切子玉をはずし、同じ革紐に紫色の切子玉を通して下げた。形も大きさもそっくりの二つの切子玉は、スグリの胸に並んで納まる。

柿葉は、いとおしそうにスグリの黒髪をなでて優しい声で言った。

「スグリ姫よ、無事に帰ってきておくれ。わたくしと血のつながりのある者はこの世でそなたしかおらぬゆえ、決して無茶はせぬように」

燃えるような激しいものを秘めた柿葉の目から、ほろっと大粒の涙がこぼれ頬を伝って落ちた。祭宮取締役という高い地位を極め、美貌(びぼう)と美声(びせい)の持ち主として日読みと月読みの二つの天上の国に鳴り響いた大巫女のおばを、スグリはとても敬愛していた。地獄谷の蝶の舞を始め、祭宮に伝わる様々な舞や歌を伝授してくれる恩師でもある。

「柿葉おば様。いただいた切子玉の教えを決して忘れないようにいたします。

お母様の桃色の切子玉は幸せを約束してくれていますから、おば様のもとにわたくしは必ず無事に帰って参ります」

と、スグリは固く約束した。

三　ツチノコ捕り

護衛役のカラス天狗の十足（じゅっそく）と天狗（てんぐ）の鬼蜘蛛（おにぐも）を引き連れて、スグリはついに旅に出た。十足と鬼蜘蛛は、宮殿を後にして冒険ができると心をおどらせていた。

熊のように大きな黒影も余程嬉しくてならぬ様子で、道に沿って南へ真っ直ぐ歩いていくスグリたちを尻目に、西に遠く走っていっては駆け戻ってきて、今度は東に遠く走っていっては、また戻ってきた。

「黒影（くろかげ）よ、お前はわたしたちの何千、何万倍も歩いているのではないか。張り切りすぎるとバテてしまうぞ」

カラス天狗の十足がしゃがれ声で話しかけた。

黒影は、そんなことあるもんかとばかり、

「フフン、キューンキューン」

と、鳴いたので、スグリは思わず笑ってしまった。姫宮の服装ではなく少年の姿をしているスグリに、十足も鬼蜘蛛も慣れるまで何となく落ち着かない感じがした。

「なぜ、南へ向かわれるのですか」

天狗の鬼蜘蛛がたずねた。白神山地のある東北地方に行くとばかり考えていたので、反対方向に歩いているとしか思えなかったからだった。

「西南の方へ向かうんだ。おばあ様が、そうしろと仰(おっしゃ)ったからだよ。白神山地の方は、引き続き千足(せんそく)様たちが探索(たんさく)するそうだよ」

とスグリは答えた。少年の服装をしているせいか、自分でも気づかずに自然と男の子らしい話し方になっている。鬼蜘蛛は納得した。

（お后様のお告げなら間違いない。それに千足様ならきっと手がかりをつかんでくれる）

妹の泣き顔が胸に焼きついてならない鬼蜘蛛は、双子(ふたご)の甥(おい)たちを早く見つけ出して妹を安心させてやりたかった。


スグリたち一行は、聖なる谷にやってきた。そこは、音がなく何もかも止まっているような感じのする不思議な場所だった。岸壁に朱色の線で刻まれた古代の船は、ともやみよしが高くそり上がっていた。正五角形の星の形が彫刻された船体のわき腹には、明かり取りらしきものが一つもなく、かいが一本も突き出ていないので、スグリたちは首をかしげた。

「この船は、いったいどうやって動くのでしょうか」

「まさか、ただの飾り物の船ではありますまい」

鬼蜘蛛も十足も、そう言って考えこんだ。

岸壁一面には、船を取り囲んで大小の多くの渦巻き模様が描かれていた。スグリには、その渦巻きが単なる波頭（なみがしら）を表すだけでなく、もっと深い意味も込められているような気がしてならなかった。

「それにしても、誰がこの船を描いたのでしょう」

「いつ、何のためにこうして描いたのでしょうか」

鬼蜘蛛と十足はつぶやいた。

三人は、不思議で奇妙な現象を感じた。聖なる谷全体が、自ら静電気を起こしているような微妙な刺激があるのだった。底知れぬ力が秘められているような気配がした。

「只（ただ）ならぬ有り様じゃ。ここはなみの岸壁ではありませぬな。きっと」

「さすが聖なる谷というだけあり、巨大な岩の神殿にいるような気がするぞ」

鬼蜘蛛と十足は、そう言って用心深く身構えた。双子をさらった何者かが、身を隠して様子をうかがっているかもしれなかった。

岸壁に描かれた船の特徴を心に強く刻んだスグリたちは、旅を続けることにした。

深い山奥を歩きながら、

「ツチノコってどんなキノコなんだろうなぁ」

と、天狗の鬼蜘蛛は一人ごとを言った。

カラス天狗の千足もうなずいた。

「わたしも、見たことも食べたこともないよ」

「ハハハハッ」

と、スグリは声を上げて笑った。

「ツチノコってキノコじゃないよ。ほら、小づちを知っているだろう、わら束などをトントンと打つ農具の一種さ。その形とそっくりの幻の蛇（へび）のことだよ。

丸太い胴体に細い短い尻尾を持ち、上あごと下あごに鋭い牙がある。六～八尺（一八〇～二四〇cm）もとび上がることができる危険な蛇だというよ」

「ウヘッ、何と言うこと。蛇探しの旅とは知らなかった。来るんじゃなかった」

いきなり空から声がして、二人の少年がスグリたちの目の前に降ってきた。

「来るんじゃなかった」と叫んだのは、天の羽衣（はごろも）を身にまとった月読み国のひすい王子で、上背のあるきりっとした美少年だった。

「ずるいぞ。自分たちだけで冒険だなんて。何でぼくたちを呼ばないんだよ」

下界の皇室から来た皇太子日明（たちもり）も、口調は怒っていたが目は明らかに笑っていた。ひすい王子と同じ十七歳ではあるが、身体は縦も横もずっと大きくたくましかった。

黒影は二人に近づきふさふさとしっぽを振ると、大きな図体に似合わぬ甘え声で、

「キューン、キューン」

と、鳴いた。

「どうしてここにいるの、二人とも」

　スグリは、目を丸くして驚いた。

　月読み国の王によって、古代より最高の宝石として珍重(ちんちょう)されているひすいと名づけられ、貴重で大切な王子として育てられた少年は、得意げに説明した。緑の木々を背景に背筋を伸ばして立つ姿はどこから見ても絵になり、美貌(びぼう)が際(きわ)だって見える。

「こんなこともあろうかと思ってさ。いとこのスグリ姫に何かある時には月読み国に知らせてくれるように、おばあ様に頼んでおいたのさ。

　ほら、この通り。頼んでおいて正解だったよ。しかし、蛇探しだとは思わなかったな。蛇は大の苦手だ。来たことを後悔してるよ」

「ぼくも千足様を味方につけておいたのさ。どんなもんだい。お后様と千足様から二通りの使いがきたよ。しかし、君たちだけで、冒険の抜けがけをするとは許せぬな。

　いったいどういう了見なんだよ」

　と、皇太子日明は文句を言った。わんぱくな面立ちながら、がっしりとした立派な体格の若者になっていた。天帝から賜(たまわ)った天の羽衣を両肩にひらひらそよがせて、スグリをまぶしそうに見る。少年の格好をしているスグリは、ただのほっそりした男の子にしか見えなかったのだが。スグリに淡いときめきを感じていたひすい王子と皇太子日明は、この旅で自分の気持ちを確かめようと密(ひそ)かに思っていた。

二人の若者を新たに加えた一行は、紀伊半島の大台ケ原に差しかかった。やわらかく茂った苔の森がどこまでも続いていた。雨が多くて作物が育たず、人の手が入りにくいところであった。人がよく死ぬので妖怪が住むと恐れられている。

黒影は子犬の頃、難産で死んだ女の霊オボに襲われた際にスグリと離ればなれになり、この広大な原始林に迷い込み、霧が流れる悠久の森で過ごして成犬となっていた。懐かしい古巣に戻った黒影は、耳をピンと立てて生き生きしていた。スグリたち一行を自分の故郷を案内するかのように、先に立って歩く。

春に生まれた子鹿や、青黒いオオダイラサンショウウオなど、えさになる生き物は豊富だった。ルリビタキやコガラ、ミソサザイまで何でも捕まえては引き裂いて食べ、生き延びてきた黒影だった。

立ち込める水蒸気が木漏れ日を揺らす中を、一行は黙々と歩いていく。

こんな山の中で独りぼっちで生き抜いてきた黒影を思い、スグリは胸がいっぱいになった。涙をにじませたスグリの眼に、いたるところに咲いているツルアジサイやキイベニウツギの花が美しく揺れて映る。

「ツキヒホシ、ホイホイ」

「ツキヒホシ、ホイホイ」

という鳴き声が聞こえてきた。

森の中に何ともきれいな鳥の姿が見られた。一尺（三十㎝）余りもある長い尾を持ち、目の周りとくちばしが晴れた日の空のような色をしている。

スグリは喜んで呟（つぶや）いた。

「サンコウチョウだよ。すごい、めったに見られない珍しい鳥だ」

ひすい王子が嬉しそうに言った。

「サンコウチョウか。おお、サンコウチョウに出くわしてよかったな。三光とは、〈月、日、星〉の三つの光をさすんだろう。何とも縁起のよい鳴き声じゃないか。

これからの旅の吉兆（きっちょう）になるというものだ」

皆も、そんな気がして笑顔を見せた。

南紀の海まで約八～九里（三二～三六㎞）という地点に、四方を深い山々に囲まれた緑の里、下北山という村があった。池原の急な坂道を登ると、目の前に青緑色の明神池が姿を現す。

「この辺りにツチノコは生息してるよ。保護色で見つけにくいから、探すのは黒影に任せた方がいい。黒影は見つけたらすぐ食べてしまうから、押さえつけてはやく奪（うば）い取らないと駄目だよ」

と、スグリが言った。

「了解」

「分かったよ」

皆は、ドキドキしながら探し始めた。

スグリは、林のふちに落葉樹の深い緑色の葉に紛れて、タテハチョウの仲間のさなぎがぶら下がっているのを見つけた。

「これは、まるで枯れ葉のように見えるけれど、スミナガシという虫だよ。さなぎはめったに見つからないというのに珍しいことだ。ほら、あそこに少し飛んではまたもとに戻るチョウがいるだろう。あのチョウのさなぎだよ。アワブキなどの葉を食べて成長すると、《すみ流し》に羽根模様が似てくるから、そういう名前がついているのさ」

自分が幼虫の頃食べてしまった葉の形をまねるように、見事に虫食いあとまで再現しているさなぎを見て、皆は感心する。

「素晴らしい造形だ。本当に枯れ葉にしか見えない」

と、ツチノコ探しを一瞬忘れて、皇太子日明は感嘆した。

ひすい王子も周りを見渡して言った。

「ここには、自然がたくさん残っているね。ほら、トンボもあんなに飛んでいる」

ムカシトンボやハッチョウトンボが、透き通った羽をひるがえして池の上をたくさん飛び回っていた。

ツチノコは、池のはたの暖かい草むらでひなたぼっこをしていた。太ってるくせにやけに短いツチノコだった。黒影は、ツチノコがとび上がろうとする寸前に、両方の前足で素早く押さえつけた。スグリは走りよって、両手で黒影の口を押さえた。黒影は目を白黒させて驚いた様子だったが、素直に食べるのをあきらめ前足を持ちあげてツチノコを放した。

駆けつけたカラス天狗の十足が、牙をむいているツチノコの首を素早くつかみ、白いさらしの袋の中に押しこめた。十足が叫んだ。

「つかまえたぞ」

天狗の鬼蜘蛛と皇太子日明の二人も、はずんだ声を出した。

「やったぁ、とったぞ」

「ぼくもだ、ほらっ」

二人は手に手にツチノコの子どもをつかまえていた。黒影が親を捕らえた時に、子どものツチノコは、ころころと転がって明神池の水の中に逃れようとしたという。

子蛇を十足の持つ布袋の中に入れながら、皇太子日明はひすい王子をギロッとにらんだ。

「何でつかまえないんだよ、もう一匹いたのに」

「そうですよ。ぐずぐずなさっているから、池の中に逃げちゃったじゃないですか」

天狗の鬼蜘蛛も文句を言いながら、ツチノコの子どもを得意そうに皆に見せた後、袋の中に

入れてやる。

「だって、だってわたしは蛇は嫌いだ。くねくねして気味が悪い」

「ツチノコは、くねくねしてませんよ。まるで小さい壺（つぼ）みたいな形なのに」

と、鬼蜘蛛は責め立てる。

「でも蛇の仲間だろう。無理だ、わたしには触れないよ」

ひすい王子は、降参と手をあげた。

「それじゃ、この袋を持っていてくださいよ。わたしもとる方に回りますから」

カラス天狗の十足が、白い袋を突き出してひすい王子に強引に持たせた。袋は底の方がずしっとして重い。いやいや袋を持っているひすい王子を尻目に、皆はツチノコ探しに夢中になった。黒影は、小山のような巨体をひるがえして、あっちにとびこっちに戻りしてツチノコを追った。

ツチノコたちは驚き、池の土手を転がったり、草丈よりも高くとび上がったりして逃げ惑（まど）った。中には反撃してくるのもいて、上あごの鋭い二本の牙をむき出しにして、空中からスグリをおそった。

「スグリ様、危ない」

天狗の鬼蜘蛛が、スグリの前にやりの柄を差し込んで防いだ。素早く飛び退いたスグリは、やりの柄に深々と上下四本の牙を突き立てたツチノコが、重そうにぶら下がったのを見てぞっとした。黒褐色で何ともいえない凶暴（きょうぼう）な顔に、こっけいなくらい丸々した胴体が不釣合いな感じのする蛇であった。

　鬼蜘蛛は、そのツチノコの首根っこを左手でつかむ。残る右手でわき差しをさやごと引き抜くと、やりの柄に食い込んだツチノコの牙の間に差し込み、てこの力を利用してツチノコをはがした。そして、ひすい王子の持つ白い布袋の中に放り込んだ。袋は見る間にふくらみ、ひすい王子は気味悪がってぞぞっと身を震わせた。

　皇太子日明は子蛇を二匹、カラス天狗の十足は親蛇を一匹つかまえて戻ってきた。

　幻のツチノコがこんなにとれたと、ひすい王子をのぞく皆は大喜びをした。

　ずっしりと重い布袋を持って、天上の国のどこでも駆け巡ることで名高いカラス天狗の十足は、背中の白い羽を広げて飛び立った。一刻も早く白神山地の薬師（くすし）の仙人にツチノコを届けたいという皆の願いを一身に背負って。

　仙人は、病気やけが、また老いから来るおとろえなどの苦痛を取り去ることのできる『幻の甘露水（かんろすい）』を作り出す研究に取り組み、長いこと苦心している。

「これから三千年に一度実をつけるという桃の実を探しに行く。ミツバチ使いの長老を見つけて分けてもらい、必ず届けると仙人様に伝えておくれ」

　と、スグリは千足に告げた。

「ミツバチ使いの長老ってどこに住んでいるのですか」

鬼蜘蛛が張り切ってたずねた。旅に出て間もないのに、ツチノコを大量に手に入れたので気分が高揚していた。

「自然の精霊が群れ集まる聖なる地域さ。自然が豊かな天上の国には、あの聖なる谷のような不思議な場所が数多くあるんだ」

「そこってどこにあるのさ。早く行こうよ」

皇太子日明も、日に焼けた顔に白い歯を見せてにこにこして言った。

「目印は夫婦木さ。山の木がどれも二本ずつ並んで頂上まで生えている。そんな山奥の頂上近くに住んでいるはずさ」

ひすい王子も笑顔を見せた。

「今度は、蛇の心配をしなくてもよさそうだ」

「ううん。夫婦木の生えている辺りには八の字マムシが多いというよ。頭に八の字の模様があるんだ。でも人をかまない大人しいマムシだから安心していいよ」

ひすい王子はがっかりして嘆く。

「いつになったら蛇地獄から抜け出せるのだろう。ああ、いやだ、いやだよ」

皆は思わず吹き出した。プンとすねるひすい王子を一行は一生懸命慰めながら、手つかずの広大な自然の中を歩いていく。

「ククーン、キューキュー、クーン」（何で蛇が嫌いなの、美味しいのに）

という風に黒影が鳴いたので、スグリは笑い出したくなるのをこらえた。

山の日暮れは早かった。

しかし、力強い天狗の鬼蜘蛛に頼もしい皇太子日明、それから少し神経質だが正義感の強いひすい王子もいた。小山程もある成犬の黒影も側にいて、スグリは寂しくなかった。

たき火をしながら皆と、下屋敷群の桃源(とうげん)親方の妻である優しいササの弁当を食べるのは楽しかった。三年前に日読み国にやってきたばかりのスグリを下屋敷に引き取り、我が子のように面倒を見た桃源とササの夫婦は、天帝の孫姫として宮殿に迎えられたスグリを思う気持ちは増すばかりで、張り切って美味しい弁当をこしらえてくれていた。干し肉や魚の干物など様々な保存食も工夫して持たせてくれたので、しばらくは食糧に困ることはない。たとえ食糧が切れても、山鳥など数多く生息しているので心配はなかった。

黒影は野生の力を発揮して、様々なけものを捕(と)ってはたくましい肩を力強く押し当てて何度もつぶし、山ネズミやリスのせんべいみたいなものをこさえてはバリバリ食べている。

夜が早かった分、朝が駆け足でやってきたようであった。

黒影は目を覚ますと前足をグーンと突っ張らして伸ばし、お尻を突き出した。その後、ブルブルッと身震いをして、黒い毛皮についた葉や草を落とす。ふとスグリと目が合うと、太い尻尾をふさふさと風車のように回して喜ぶ。

「お早う、黒影、ゆっくり眠れたかい。今日も、影のようにわたしに離れずについておいでよ。いつでも、いつまでも一緒にいようね」

背中をすり寄せてきた黒影の背中をなでてやりながら、スグリは優しく声をかけた。

目を覚ました皇太子日明とひすい王子、天狗の鬼蜘蛛の三人は、夕べからトロトロと燃え残っているたき火越しに、そんなスグリの姿をそっと見守っていた。

四　影取り沼

薬師(くすし)の仙人の元から戻ってきたカラス天狗(てんぐ)の十足(じゅっそく)を迎えたスグリたち一行は、疲れ切っていた。深い山の中をアブや蚊に追われながら、いつまで歩き続けるのだろうか。

夫婦木(めおとぎ)や幻の甘露水(かんろすい)はどこを探しても見つからず、一向に先が見えなかったから、歩くのにもうんざりしてきていた。

疲れを知らぬように黒影だけが元気だった。宮殿の中より、大自然のふところに抱かれている時の方が、黒影は生き生きしている。

「お地蔵(じぞう)さんばっかり何体触ったことだろう。錫杖(しゃくじょう)の熱いお地蔵さんなんてありっこないと思えてきたよ。本当に、幻の甘露水なんてあるのかな」

ひすい王子が、音を上げて言った。

「錫杖は地熱に暖められて熱いのだろうよ。温泉地を巡ってさがした方が早道だと思うな。そうすれば温泉につかることができて疲れもとれ、一石二鳥だろうに」

皇太子日明(たちもり)は、そう言い続けてきた。

しかし、スグリはひたすら西南の方へ向かって歩いていく。

「温泉がちっともないじゃないか。何でそっちにばかりいくんだよ」

皇太子は不満を口に出して言いもしてみた。しかし、スグリは、

「おばあ様が、こっちだと言っていたんだ」

と、そればっかりだった。

スグリの旅についてきたのだから仕方がない。皆はふくれっ面をしながら、早足のスグリに遅れまいとして歩いていた。


紀伊の山々を越えてからは、皆の顔が引き締まった。不思議な現象を目にしたからである。

「スグリ様、これは何でしょう」

と、カラス天狗の十足が言った。谷あいの草原に点在するごつごつした黒い岩の周りに、小鳥や小動物がたくさん死んでいる。

スグリは叫んだ。

「逃げろっ。人取り石だ。毒を放っている。多くの命が奪(うば)われたところだよっ」

皆はあわててかけ出し、再び緑豊かな森の中に逃げ込んだ。

逃げる途中、山の中で大音響がした。

黒影は両耳をピンと立てて、全身に緊張感をみなぎらせて耳をすませた。異様な音は一度だけで何も聞こえない。

「今の音は何ですか、スグリ様」

天狗の鬼蜘蛛がたずねた。

スグリは、緊迫した声で叫んだ。

「たいへんだ。これから天気は大荒れになるよ。魔風が吹く前に、どこかに避難しなければならない」

「魔風だって。何さ、それって」

皇太子日明が聞いた。

「体が引き裂かれるくらいの激しい風が吹くんだ。早く洞穴を見つけないと危ない」

皆の顔色が変わった。こんなにいい天気なのに、天候が急変するものだろうか。

しかし、物知りのスグリがそう言うのなら、間違いなく天候は崩れるのだろう。体が引き裂かれてはたまらない。皆は恐れて、身を隠せる場所を必死で探した。

冷たい風が絶え間なく吹き出ている風穴が、いたるところに口を開いていた。中をのぞくと、深山の清らかな雪解け水が音を立てて流れている。これでは身を隠せない。

鬼蜘蛛と十足は、羽うちわを出して宙に浮く。歩くより速く動ける。

スグリや皇太子日明、ひすい王子は早足ぞうりをはいていたので、すごい速さで移動することができた。

えさが豊富で巣づくりの場所がいたるところにあるのであろう。木々の枝々を飛び回っていたきれいな羽をもつオオルリや、地味な色をしたウソも、不穏な空気を察して姿を消した。

「チュルチュルチュル、チュクチュクチュー」

と、小さい体に似合わず大きな美しい声を谷間や森中に響かせていたミソサザイも、いつのまにかどこかへ隠れてしんとしてしまった。

黒影は隠れる場所を知っているように、先頭に立って走った。

「皆、黒影の後について行こう」

スグリは叫んだ。

ヒュルーン、いやな感じの風がひと吹きしていった。

ほんの短い間だけ咲く赤紫色の野生のショウキランも、背を低くして何とか風をやり過ごそうとしているようだった。うっそうとしたブナ林の中を、皆黒影に遅れまいとして走る。

ひっそりとしたたたずまいの沼近くに、杉の巨木が立ち並んでいる。中でもひときわ太い大木に近づいた黒影が、自信有り気に、

「ウワン、ワン」(ここで、どうです)

と吠えた。

杉の根本にぽっかりと洞が口を開いていた。中を見て皆は驚いた。雷が落ちたように焼けこげている。八畳位の広さがあって、奥に大人の腕で一かかえもありそうな黒こげの丸太が立っていたが、別に邪魔にはならない。

「ここだ。ここがいい」

とスグリは言った。無論、皆に異存はない。

洞(ほこら)の中に皆が逃げ込む頃には辺りは薄暗くなり、ビョービョーと激しい風が吹き出した。黒影の厚い毛皮が洞の入り口をふさいでくれているので、魔風は中に入って誰かを傷つけるということはなかった。

「黒影、お手柄だね」

「黒影がいてよかった」

皇太子日明やひすい王子が口々に黒影に語りかけたので、スグリはにこにこした。黒影がほめられると自分のことのように嬉しい。

昼間だというのに洞の中は暗く、この世の音でないようなすさまじい魔風の音がいやでも聞こえてくる。しかし、仲間と安全な所にいると何故か楽しい気がした。

こげ臭い匂いがなければもっと居心地がよかったのだが。

しばらくすると、風が止んだ気配がする。

黒影は洞の外に出て辺りを見回すと、お尻を高く持ち上げ両方の前足をグーンと突っ張らして伸びをした。スグリやカラス天狗の十足、ひすい王子らも洞から出て、木漏(こも)れ日に目を射られてまぶしそうにまぶたをパチパチした。皇太子日明は入り口から差し込んだ光で、目の前に立っている太い丸太を見るとギョッとする。うろこがあるような気がするのは何故だろう。後ろに続く天狗の鬼蜘蛛を振り返って言った。

「おい、見てみろよ、この柱、変ではないか。杉の幹などではないぞ。このうろこは大蛇だ、大蛇だよ。そうだよ。間違いない」

皇太子日明の大声に、外に出た皆は驚いて戻ってきた。

「本当だ。たまげたなぁ。大蛇だなんて全然気がつかなかったよ」

鬼蜘蛛もしみじみ眺めると、あきれてため息をついた。

「ここは大蛇のすみかだったのさ。雷が落ちた時にきっと焼け死んだのだろう」

皇太子日明が、そう判断した。

蛇嫌いのひすい王子は真っ青になった。知らぬこととはいえ、さっきまで大蛇の死がいに寄りかかっていたのだ。

「ああ、いやだいやだ、ぞっとするよ。このわたしが大蛇の死がいにずっと触っていたなんて。ううー、耐えられない。信じられないよ。まるで蛇にたたられているみたいだ。ツチノコに焼け死んだ大蛇。今度行くところにも、八の字マムシがいるというじゃないか。ああ、こんな旅はもうたくさんだよ。早く、宮殿に帰りたい」

草の上に突っ伏して嘆くひすい王子を見て、皇太子日明と天狗の鬼蜘蛛、カラス天狗の十足たちは腹をかかえて笑った。

「何て思いやりのない人たち。大丈夫、ひすい王子」

スグリだけは、一生懸命ひすい王子に優しい言葉をかけて慰(なぐさ)めた。

王子がようやく機嫌を直すと、スグリは言った。

「大蛇の骨はよい薬になる。焼いて保存する手間が省けてよかった。

白神山地の薬師の仙人に届けたいのだけれど」

「わたしが参りましょう」

カラス天狗の十足が進み出る。背中の天かける羽を広げると、ひすい王子を除いた皆で洞(ほこら)から引きずり出した黒焦げの大蛇を肩にかついで飛び上がった。

「あれっ、沼の中に千足(せんそく)様がいらっしゃる。いったいどうしたんだろう」

十足は、急にすっとんきょうな声を張り上げると、向きを変えて引き返してくる。

沼の水面を見た天狗の鬼蜘蛛も叫(さけ)んだ。

「どれ、どれっ。ややっ、わたしには双子(ふたご)の甥(おい)のアオゲとオナガが見えるぞ。

おおっ、二人ともあんなに元気に手をふっているではないか」

皇太子日明も、首をかしげて言った。

「ぼくにはどうしたことか、沼の中にカヤの正目の素晴らしい将棋盤(しょうぎばん)が見える。

イチョウやカツラなどではないぞ。素晴らしく高級なカヤ製の将棋盤とは驚いた。どうしてこんな山奥の、しかも沼の中にあるのだろう。厚みは九寸もあろうか、あんな分厚い代物はそんなにあるものじゃない。それに、駒は、ツバキ、マキ、ヤナギ製などではない。何と最上とされるツゲの盛上駒だ。父君の天皇が仰られていた。駒の種類で一般的なのは書駒、彫駒、高級品は研出駒（彫埋）で、最高級品が盛上駒なんだと。

これはすごい。駒箱の材料ですらクワ製とは恐れ入った。およそ、この世でぼくが考えられる最高級の将棋道具一式じゃないか。こいつは驚いた」

将棋好きなことで知られる皇太子日明は、熱に浮かされたように熱く語った。

不思議がって沼に近づこうとする皆を、黒影が立ちはだかって邪魔をした。そして、猛烈に沼に向かって吠えついた。

スグリは、大声で皆を引きとめた。

「影取り沼かもしれない。皆、近づいたらいけないよ。

手をつかんで水の中に引き込まれ、間違いなく命を落とすよ」

皆はぞっとして沼を離れ、草の上に座り込んでいるひすい王子の側に戻ってきた。

「影取り沼って何さ。前に見た人取り石のようなものなの」

と、皇太子日明はたずねた。

「人取り石よりもっとこわいよ。影取りというもののけは、もっと巧妙に人をあざむくんだ。

近くにきた者の心の中の望みや夢を素早く見ぬいて沼に映す。赤ん坊が欲しいと思っている女の人には、赤ん坊がおぼれているように見せかけて、助けに沼に入ってきたところをとって食おうと待っているんだ。

何が見えても影取りの恐ろしいわなだから、ぜったい行っちゃいけないよ」

皆、ひすい王子と同じく血の気の引いた青白い顔になった。

「悪かったよ、さっきは笑ったりして」

皇太子たちは、口々にひすい王子にあやまった。

「黒影、助けてくれてありがとう」

カラス天狗の十足は黒影の頭をなでながら、心の中で残念な思いをかみしめた。

(あーあ、密かにカラス天狗の頂点に立ちたい。いつかは千足様になりたいという望みを皆に知られてしまったな。ずっと内緒にしていたのに失敗した)

出世することをいつも考えているのは天狗の鬼蜘蛛の方なのに、今回は行方不明になった双子の甥(おい)のことが余程心配なのだろうと、口には出さなかったが皆はそう考えていた。

「スグリ姫様なら、何が見えたでしょうね」

と、鬼蜘蛛は言った。

「決まっているさ、きっと亡くなったお父様とお母様の姿だよ。見たかったな、一度でいいから。でも、見なくて良かったのかも。見た後に会いたくてたまらなくなり、きっとつらい思いをしたに違いないもの」

寂しそうに笑うスグリの顔を見て、皇太子日明とひすい王子は胸がキュンと痛くなった。カラス天狗の十足は首をかしげる。

「ひすい王子様なら、何が見えたでしょうね」

「もちろん、わたしなら、日読み国の祭宮に伝わる最難関『昇龍（しょうりゅう）の舞』を踊っているところだよ」

と、ひすい王子は答えた。

「そうですね。それしかない」

「間違いない。きっとそうだね」

と、皆は納得する。

（いいや、もしかしてスグリ姫が見えていたらどうしただろう）

ひすい王子はもしそんなことになったら恥ずかしくていられない。すぐさま月読み国に逃げ帰るところだったと、密（ひそ）かに胸をなで下ろす。

カラス天狗の十足は、黒焦げの大蛇を担いで、今度こそ白神山地をめざして飛び立っていった。

五　竜が淵の姫君

旅の途中、黒影(くろかげ)の体にダニが大発生した。

暑い日が長く続いた上に、草の中をずい分歩いたからかもしれないとスグリは思った。

マダニは草の先で手を伸ばして、動物が近づいてくるのを辛抱強く待ちかまえている。

そして獲物がやってくるとすばやくつかんで、毛の奥深く分け入り血を吸いはじめるのだ。

黒影はかゆがって後ろ足で首をかいたり、前足の先を口で細かく噛(か)んだりした。

スグリたちは川に入って、黒影の体を洗ってやることにした。黒影は水につかるのをいやがり、石のように固まって動かなくなった。

スグリや皇太子が黒影の体を押し、天狗(てんぐ)の鬼蜘蛛(おにぐも)が引っ張って川に連れて行った。川の水に濡(ぬ)れてしまうと黒影は、観念して大人しくなった。

皇太子日明(たちもり)は太ももまで水につかり、張り切って黒影の背中や腹などをごしごし洗い始めた。これまで犬を洗ったことなどなかったから、皇太子にはとても楽しく感じられた。

岸辺に生えているアシの茎を、小刀で切って丸めてタワシにしたものが役にたった。

鬼蜘蛛は黒影の脚を一本ずつ持ち上げて、ていねいに洗ってやった。黒影が素直にぬれた脚をさし出してクーンと泣いた時、愛しい気持ちがわき起こり、鬼蜘蛛はスグリ様の犬でなく自分の犬だったらいいのにと思ってしまった。

毛がからまってひどいことになっていたしっぽを、鬼蜘蛛は指先ですいてやった。

スグリはゾッとしながら、黒影の顔にはりついているダニを、指でつまんではがし、きれいにした。耳の中にもダニは入り込んで丸くふくらんでいたから、スグリは取り除いて川の水に流してやる。耳の先の方にダニの白い卵が残らないようにブチブチとつぶして水ですすいでいると、

「へえ、そんなところにダニは卵を産むんだ。知らなかった」

と、皇太子は感心した。

「黒いごま粒みたいな小さなダニはここで育って、ポロポロと体の方へ落ちて行くんだ。赤くて平たい小さなダニは、地面から脚を伝ってはい上がり、体の血を吸って丸くふくらむんだよ」

と、スグリは話した。

ひすい王子は、ダニがいると聞いてからは黒影をさけるようになった。

「ああ、わたしまで体がかゆくなってきた。黒影のそばを歩いていたからダニが移ったのかもしれないな」

よく皆は平気でダニだらけの犬の体にさわれるものだと、ひすい王子は考えながら、自分に

はぜったいにできないことだと身を震(ふる)わせた。

岩や小石の散らばる岸辺に立つと、ひすい王子はつらそうにふところから手を突っ込んでわきの下をポリポリかいた。そして、皆よりずっと上流へ行って自分の体を洗い出す。

「生きていくってたいへんなんだね。本当にいろいろなことがある」

と、皇太子は、ビロードのような黒影の背中に両手で水をすくってかけながらしみじみとつぶやく。

体がきれいになった黒影は、川岸に上がるとブルブルと身を震わせて水分を切った。

周囲に水滴(すいてき)が飛び散り、キャーと叫びながら皆は笑った。

ひすい王子だけは、

「おいっ、黒影ったら。こっちにまで水滴(すいてき)をとばすなよ」

と、不機嫌(きげん)だった。もしかして、洗い残しのダニが飛んできたらたいへんだと思ったからだった。

「もう一度川に入ってこいよ。実に清らかな流れだ、気持ちがいいよ。一緒に遊ぼうよ」

皇太子日明は、ほがらかな声を出してひすい王子をさそった。

「いいよ、わたしは。もう水に入るのはたくさんだよ」

ひすい王子は、少しも興(きょう)が乗らないようだった。

「わたくしめは水泳が得意ですぞ。ほら、ごらんに入れましょう」

天狗の鬼蜘蛛は、深みに入って見事なぬき手を見せて泳いだ。

「ぼくも泳ぎには自信がある。よし、競争だ」

皇太子日明は、勇んで鬼蜘蛛の方へ泳いで行き、競泳をはじめる。

そこに、白神山地から戻ったカラス天狗の十足（じゅっそく）が合流した。

「おおーっ、皆様水泳ですか。この暑さですから無理もありませんね。《カラスの行水》と言いますが、カラス天狗の一族は皆泳ぎも得意なんですぞ。水泳も大事な軍事教練の一つですからね」

急いで白い小袖（こそで）を脱ぎ、ザブザブと川に入ってくる十足も加えて、三人の若者は元気よく水しぶきを上げて遊び出した。楽しげな笑い声が、緑濃い山々にこだまする。

スグリは泳ぎの経験はほとんどなかった。三人の泳いでいるところは、深くて水量も多いので恐怖を感じて引き返した。絹のような水の肌ざわりが好もしく、浅瀬（あさせ）で流れにつかっているだけで、スグリは十分気持ちがよかった。


ぬれた着物のまま、皆は旅を続けることにした。黒影の毛皮は既（すで）に半乾きになっていて、若者たちの着物もすぐに乾燥（かんそう）するだろうと思われた。

しかし、ぬれた小袖（こそで）がしんなり張りついたスグリのしなやかな体の線が気になって、皇太子日明とひすい王子は心臓がドキドキする。まだ十四歳のスグリだが、大人になったらどんなに美しくなるだろうと思わずにはいられなかった。だから木漏(こも)れ日の中を歩いているうちに、スグリの着物が次第に乾いてきた時には、皇太子日明とひすい王子は心からほっとした。

カラス天狗の十足は歩きながら、白神山地の薬師(くすし)の仙人の様子を皆に報告した。

大量のツチノコに続いて、黒こげの大蛇(だいじゃ)までが手に入ったことを仙人はたいそう喜んで、

（後は、三千年に一度実をつけるという不老不死(ふろうふし)の桃さえあればなぁ）

と、ため息をついたという話だった。スグリたちは、どんなことをしても幻の桃を見つけなければと気持ちを新たにする。


夕暮れ近くになると、向かいに見える山頂付近に、青白い渦(うず)を巻いた灯が浮かび出た。

「何と奇怪な。竜灯ですよ、あれは」

カラス天狗の十足が、キーキー声で叫んだ。

「おお、ぜったい竜灯に間違いない」

天狗の鬼蜘蛛もうなずく。

「そういえば、竜神(りゅうじん)のすむという竜が淵は、ここいら辺にあるはずだよ」

と、スグリは皆に教えた。亡き父親のスバルに、天上の国の不思議を幼い頃から数多く聞かされて育ったスグリだった。

「三本爪の化け物に身体を裂(さ)かれ、それ以来姿を見せないという竜神だな。三年前のものの

祭りの際に引き裂き犬と恐れられた黒影が戦って竜神のあだを討った。黒影、お前偉いぞ」
皇太子日明は、黒影をほめた。
「クィーン、キューキュー」（いいえ、それ程でも）
とでもいうみたいに、黒影が返事をしたので皆は笑ったが、黒影が死ぬのではないかと心を痛めたスグリだけは、愛犬が無事でよかったと強く思った。

木立を透かして深緑色した美しい池が見えてきた。近づいていくと、紅白や黄色のスイレンの花が咲いていた。池の大半は、座布団大の緑色の葉が一面に敷き詰められていて、葉の間から立ち上がったいくつものうてなには、うす桃色の巨大な花が見頃を迎えていた。

「きれいなハスの花だなあ。直径が一尺（三十㎝）もありそうだ。花びら一枚がわたしの手のひら大もある。何て大きな花なんだ」

と、ひすい王子が呟（つぶや）いた。いくえにも重なった花びらの色は、縁（ふち）の方にいくに従って濃（こ）い桃色にグラデーションになっている。

「日読み国で一番美しい花の名前をあげろと言われたら、わたくしめはためらわずにこの花を選びます」

と、カラス天狗の十足が宣言した。

皇太子日明も言った。

「なつかしい花だ。この花の名前は、『大賀ハス』というに違いないよ。下界の宮中の池にも咲いている。古代ハスの一種で、大事にされている花なんだよ。竹色の花心に黄色い花粉があふれているところなどまったく同じだ。実に素晴らしい花だ」

物知りのスグリが言った。

「もしここが竜が淵なら、一日のうちに七回も水の色が変わるはずなんだ。水の色が変われば間違いなく竜神がひそんでいるよ」

池を見おろすように小高い丘があり、その上にこぢんまりとしたヒノキの八角堂が建っていた。釘を一本も使っていない古代よりの建て方で、屋根のてっぺんに煙ぬきがついている。夏に涼しく、冬には暖かい快適そうな建物であった。

「ありがたい。今夜の宿になりそうだ」

と、皇太子日明は言った。天狗の鬼蜘蛛も喜んだ。

「屋根があれば、夜露（よつゆ）がしのげますぞ」

（しけった地面に寝るよりはましだが。蜘蛛（くも）の巣がはっていたり、カビが生えたりしていなければもっといいがな）

と、ひすい王子は心配する。

コケにおおわれた森をずっと歩いてきたので、皆は疲れて早く休みたかった。

一行は喜んでお堂に向かう。

「一夜の宿を貸してください」

　とことわりながら拝んでいると、いきなり、お堂の天井から泥だらけの毛むくじゃらな足が降ってきた。十人かけのテーブル位もある巨大な足に、皆はギョッとした瞬間、

「危ない。踏みつぶされる」

　皇太子日明が素早くとびだして、足の真下にいたスグリを安全な場所へと救い出した。十足と鬼蜘蛛も駆けつけて、体をはってスグリをかばう。

「何だこれは。ずい分汚い足だ」

　と、あきれるひすい王子に、

「しっ。悪口を言っちゃ駄目だよ。（泊めてやるから足を洗ってみろ）と、言っているんだから」

　と、スグリは皆に教えた。

　お堂の軒下には、洗いおけやたらいが置いてあった。天狗の鬼蜘蛛とカラス天狗の十足は、さっそく水を汲みに池に向かった。残りの皆も後についていく。

「あれ、太陽の光の具合で水の色が変わっている。さっきとまったく違う色をしている」

「用心しろよ。ここにはまさか、恐ろしい影取りはいないだろうな」

「いきなり水の中に引き込まれたりしたらたいへんだぞ」

　確かに水の色は、深緑色から青白く変化していた。用心しながら水を汲んだり手ぬぐいを水

にひたしたりして、一同が八角堂にもどってくると、黒影は天井からぶら下がっている足の裏をペロペロなめていた。足はくすぐったそうに震えて伸びたり縮んだりしている。

「こらこら黒影、何をしている」

「いたずらするんじゃないよ」

スグリたちは、笑いながら叱った。

その後、皆で一生懸命に洗ってふいてやると、大足はきれいになって満足したのか、天井に戻って消えていった。

お堂の中に入るとカビのにおいなどまったくしないので、ひすい王子はほっとした。

中央に囲炉裏がある。狭いと思われた中は意外に広かった。

「不思議だな。あと百人だって入れそうじゃないか。どうなっているんだよ。外見と違って中がこんなにも広いなんて」

と、皇太子日明が首をかしげる。六畳位にしか見えないのに、ヒノキの紅い生き節で板張りされた部屋の壁は後退して、いくらでも広くなるので皆は驚いた。

「さあ、今夜は何を食べよう。囲炉裏があってよかった。ここで煮炊きができる」

「そろそろ食糧も底をついてきましたね」

と、皆で相談していると、突然外で黒影が激しく吠えた。

恐ろしいもののけでも出現したかと、皆が気色ばんで出て行くと、

「ごめんくださいまし」

と、若い女の声がした。

紫の頭巾を深々とかぶった姫君が、お供を数十人程連れて立っていた。しとやかな風情で、すそをひく緑色の着物には、紅色のハスの花やつぼみの模様がいくつも描かれている。

大賀ハスに違いないと、皇太子は見てとった。

たおやかな姫君は、巨大な黒犬が牙をむき出しにして吠えついているというのに、恐れる様子はまったくない。

「宮殿より皆様がこちらに向かわれているとお知らせがあり、ご馳走を用意してお待ち申しておりました」

姫君の美しい切れ長の眼と、眼が合ったカラス天狗の十足は背中がぞくっとした。何となくこわい感じをかぎ取り心が騒ぐ。しかしすぐに命に代えてもスグリ姫を守り抜こうと十足は決意を固めた。その心を読みすかしたように姫君はふっと微笑むと、振り返って供の者に宴の準備に取りかかるよう命じた。

お堂の前の広場には、手早く敷物が広げられた。高脚付きのお膳に、金銀の絵模様の描かれたウルシ塗りのおわんや皿が並べられ、色とりどりの見事なご馳走が調えられた。

二頭の鹿をかついできた男衆は、地面に鹿をおろすと、薪を組んで火をつけ丸焼きにする準備をはじめた。

敵意のまったくない姫君たちの様子に黒影は吠えるのを止め、好物の鹿を目の前にして目を輝かせた。草の上に横たえられた二頭の鹿を見るだけでもよだれが出てくる。

一方、天狗の鬼蜘蛛は、美しい姫君に目が釘づけになっている。天狗一族は皆、昔から美女とお酒にはからっきし弱いのであった。

姫君は切れ長の光る目に、通った鼻筋と薄い唇をしていた。心をまどわすような微笑みを浮かべながら、きたえられた歌い手のような声を出して、

「さあ、ごちそうの用意ができました。遠慮せずにたんと召し上がれ」

と、皆にすすめた。

パチパチとたき火がはぜて、鹿肉の焼けたいい匂いがただよい始めている。危険な美しさをかもし出している姫君は、小山程もある黒犬にすっと近づいた。黒影は全身を強ばらせて、低い声で威嚇（いかく）する。

「これが名に聞こえた引き裂き犬か。成る程、実に力強き目、良き毛並みをしておるの。胸に白き鳥が羽を広げておる。見事な模様じゃ。耳の下に毛の房が右に二つ、左に一つある。これぞ特別な犬だという印じゃろう。

わらわは、引き裂き犬に会いたきものとずっと考えておった。

長い間の念願を今日果たすことができ、嬉しき限りじゃ」

よくひびく声で褒（ほ）めたたえると、姫君は白い細い指を伸ばして、恐れもせずに黒影の頬（ほお）をな

でた。黒影は用心深く身構えて、いつでも攻撃に移れる態勢をくずさなかった。

皇太子日明は、

（変だな。これじゃ黒影が主賓みたいだ。宮殿からの知らせで待っていたなら、賓客はスグリやぼくたちではないのだろうか）

と、内心不思議に感じていた。

謎めいた姫君は、よく焼けた鹿を丸ごと一頭、供の者に命じて黒影の元に運ばせる。

「さあ、召し上がれ、黒影殿」

「わたしたちより黒影が先とは」

ひすい王子も嘆いた。

「どうしてでしょうね。黒影がずい分大切にされているのは」

天狗の鬼蜘蛛もつぶやいく。

カラス天狗の十足は、うさんくさそうに美しい姫君を見つめて言った。

「いったい誰なのでしょう。こんな山奥にこれ程優雅に暮らしている者とは」

もう一頭の焼けた鹿肉も切り分けられて、スグリたちの前にも運ばれてくる。口当たりのいい冷たい飲み物もすすめられた。スグリたちは毒でも入っていたらたいへんと慎重な様子を見せていたが、一口食べるとすっかり美味しさのとりこになってしまった。

姫君は、黒影が鹿肉の塊をほおばるのを、好もしそうに微笑んでながめていた。

夜も次第にふけていき、黒犬と姫君の背後の山頂には、竜灯が渦を巻いて青白くまたたき続けていた。


気がつくとスグリたちは、誰もが食べ過ぎて動けないほどごちそうになり、皆ぐっすり眠ってしまっていた。翌朝目を覚ますと、不思議な姫君はじめ供の者も誰一人いない。宴の痕跡もすっかり消えていたが、

『お弁当を用意いたしました。どうぞお持ちくださいませ』

と、水茎も麗しい書きつけが添えられた竹の皮にくるまれた包みが置いてあった。飲み物が入っている竹筒も人数分添えてあり、ひときわ大きい黒影用のお弁当と竹の水筒もあったので、皆は驚いた。

八角堂の周りはひっそりと静まりかえり、池の水は薄紅の透き通った色を見せていた。

「スグリ様、昨夜のあの者たちはいったい誰だったのでしょうね」

と、天狗の鬼蜘蛛はたずねた。

「ここは間違いなく竜が淵だよ。美しい姫君に化けた竜神が、三本爪の化け物を打ち破ってかたきをとってくれた黒影にお礼にきたんだよ、きっと」

スグリは、確信をもって答えた。

「あのお方が、竜神ですかぁ」

と、カラス天狗の十足は心底驚いた。

「道理で、美人だが何となくこわい感じがすると思った」

ひすい王子もため息をつく。

「でも、いい竜神で良かったよ。影取りのように悪いもののけだったら、とって食われていた。用心してはいたんだが、余りの美味しさに我を忘れてしまった。まだまだ修行が足りない。本当に未熟者だよ、ぼくは」

と、皇太子日明もつぶやいた。その通り危なかったと、皆は深く反省した。

黒影はハスの花が咲いている竜が淵に舌を丸めて突っ込み喉をうるおした。

大賀ハスが花開く密かな優しい音が、

「ポン、ポン、ポポン」

とあちこちから聞こえ、黒影もスグリたちも耳を澄ました。

皆は竜が淵を一生忘れないと思った。太陽の光の加減で変化する水の色の美しさは心に染みるように美しい。ここの竜神は、村人たちがお酒を供えると必ず雨を降らしてくれるという霊験あらたかなことで評判だった。

（竜神は三本爪の化け物と戦った時に、頭部に深い傷を負ったに違いない）

とスグリは思った。なぜなら不思議な姫君は、最後まで紫色の頭巾を脱がなかったのだった。そんな竜神がわざわざ黒影に会いに来てくれたことが、スグリは嬉しかった。幻の甘露水が手に入ったならば、必ずお届けして傷を癒して差し上げようとスグリは思うのだった。

六　ミツバチじいさん

お弁当の中身は、昨夜のごちそうにも増して素晴らしかった。アヒル肉の中にハスの実や豚肉を詰めて煮たものや、ウナギの蒲焼などが入っていた。夕べ、あれ程食べ過ぎたというのに、山道を歩き続けた後に食べる弁当は格別に美味しかった。

一行は森の中の柔らかい草の上に座って、幸せな気持ちで舌つづみを打っていた。ミドリシジミという蝶が飛んできて、皆の目の前をゆっくりと横切り去っていく。光の当たる角度によって、緑色の羽がホログラムのように微妙に異なって見える実に美しい蝶であった。

頭に冠羽を突き立てた、白と黒のまだら模様のヤマセミもやってきて、

「キャラッ、キャラッ」

と、鳴いた。色鮮やかなカワセミよりずっと大きい鳥である。自然破壊の進んだ下界では、生息数がかなり少なくなってきている鳥であるが、天上界の日読み国には広く分布しているとスグリは嬉しく思った。信じられない程近くに見たヤマセミは実にきれいな鳥で、本物の迫力は図鑑とはまったく違っていた。警戒心が強いヤマセミは、またたく間に逃げて行ったので、

スグリはもっと見ていたかったとがっかりした。

かわりに、二羽のメジロがやって来た。背景の緑に溶け込むような美しい色をした小鳥だった。名も知れぬ赤い花に顔をつっこんでミツを吸う姿を、皆は微笑(ほほえ)んでながめた。

竹筒には、深くていい香りのするハス茶が入っていた。それを飲むと宮殿の暮らしがなつかしく思い出され、皇太子日明(たちもり)がつぶやいた。

「どうやってつくるのだろう、ハス茶は」

ひすい王子は、首をかしげた。

「ハス茶のつくり方なんて考えたこともなかったよ」

「ハス茶のつくり方をご存知ではありませんか、スグリ様」

カラス天狗(てんぐ)の十足(じゅっそく)がたずねた。

「知っているよ。お父様とこしらえたことがある」

「どうするんですか、いったい」

と、鬼蜘蛛(おにぐも)。

「二通りのつくり方がある。簡単なのは、前の日に池に行き、茶葉(ちゃば)をハスの花につめて香りが逃げないように縛(しば)ってくるんだ。次の朝にはもうできているよ。一日しか香りがもたないけれど、美味しいハス茶になるよ。

強い香りを長く持たせる本格的なハス茶をつくるには、朝早く池に行くんだ。

舟をこいで香りの強い咲き始めの花を袋につんだら急いで家に持ち帰り、ハスの花のおしべの白い部分だけを茶葉と一緒に敷き物の上に置いておく。一日中ハスの香りを染み込ませると、深くていい香りのハス茶ができあがるよ」

「ふうん、そんなに手間がかかっているのか」

と、ひすい王子は感心する。

「お弁当もハス茶も、何でも誰かの手にかかってできているものなんだね。これからは、つくってくれた人の手間や苦労を、いつも考えるようにするよ」

皇太子日明はしみじみと言い、皆もうなずきながらハス茶の香りを味わった。


自然の精霊が群れ集まる地域に差しかかると、一行は手分けして目印の夫婦木（めおとぎ）を探した。夕暮れ前に、奇妙なことに木々がどれも二本ずつ生えている箇所を見つけることができた。八の字マムシは何度か姿を見せたが、一行を襲（おそ）いも逃げもしないでじっとしていたので、初めはこわがっていたひすい王子も、次第に安心して笑顔を見せるようになる。

夫婦木に沿って山を登っていくと少し開けたところがあって、はるか遠くに切り立った山肌に奇岩（きがん）や奇石（きせき）が立ち並んでいるのが見える。素晴らしい渓谷美をかもし出している景色の中に、ミツバチが出入りする箱を無数に点在させたわらぶき屋根の集落があった。

太陽の光を十分に浴びた果樹園（かじゅえん）もそなえている。貴重な実をつける桃の木もきっとあるに違いない。必ず分けてもらわなければと、スグリたち一行は奮い立つ。

集落の周りを、巨大なツブラシイが取り囲んでいる。神木と見えて、その葉を神符としてはさんだしめ縄が巡らされていて、その中が特別神聖な場所であると示している。

「しめ縄はね。雌雄二匹の蛇の交わりを表している。蛇は竜神と同じく水の神様で、生産力や生命力を象徴しているんだよ。雷の稲妻みたいな形をしている紙が垂れているだろう。この辺りは迷いの山と違って余り雨が降らないから、水の恵みを祈っている証拠なのさ」

スグリの話に、ひすい王子はため息をついでつぶやく。

「へぇ、しめ縄にまで意味があるの。そんなこと考えもしなかったよ」

「世の中の何にでも、意味や存在する理由があるものなんだね。知らないことが多すぎて恥ずかしいよ。いかにこれまで何事にも無関心に生きてきたことかと反省させられる」

と、皇太子日明も感心する。


集落に近づくと、住人たちが人なつっこい笑顔を見せてスグリたちの周りに集まってきた。どの人も、口々に言う。

「すごいじゃないか、君たちは」

「紀伊山地の迷いの森をぬけ出て、ここまで登ってこれたなんて信じられない」

「歓迎いたします。自然の精霊の群れ集う聖なるこの地で、とてもいい出会いができました」

確かに迷いの山々一帯は湿気を多く含む雲が垂れ込めているため、年中天から伸びてくる棒のように猛烈な雨が降ることの多い地域である。少しでも湿気を逃れようと、いつの間にか人里よりはるか遠く離れた秘境に住みつくようになった人々は、余程寂しく人が恋しくてたまらないようであった。ミツバチ使いの長老のところまで、スグリたち一行を案内してくれた村人たちは、誰も立ち去ろうとせずに長老宅の土間まで入り込む。入りきれない者たちは、入り口から人々の背中越しに家の中をのぞき込んで、スグリたちの話を一言も聞き逃すまいと真剣に耳をかたむけるのだった。

黒影に驚いた村の犬たちが気が違ったように鳴いて止まぬので、村人たちは子どもたちを使って鳴き声の届かぬ遠い所につないでこさせた。

穏やかな顔をした小太りの長老は、スグリたちを喜んで出迎えた。

「ここは不便な所じゃが、自由で気楽な暮らしができる。金を使わぬ生き方ができるんじゃ。そんな生活が気に入って、わしはこの村に落ち着いた。

昔、この村に長生きの長老がいての。わしにミツバチの世話の仕方やハチミツの採り方などを、すっかり教えてくれた。

ミツバチは、その小さな体で、自然の有り様を直接人間に伝えてくれる素晴らしい生き物なんじゃ。暑い日が続くと菜の花などにアブラムシが大発生することがあるだろう。そんな時、下界では鬼どもが農薬という毒をまく。ミツバチが毒に触れると、あっという間に全滅するというのに。

ミツバチが生きていけない世界は、人間にとっても危険な世界。アブラムシから農作物を守ることも大切じゃが、ミツバチが死ぬようではよい世界とはいえない。

わしたちは、食酢を薄めたのを防虫用に散布しておる。薄すぎては防虫にならない。濃すぎては作物が枯れる。丁度よい濃さを見つけるのには、長い手間暇がかかりそれは難しい。

しかし、どんなに難しくてもあきらめてはいかん。わしたちは、安全でおいしい米づくりを推進していくことが大事じゃと思うとる。

酢を散布することによって、もみ枯細菌病やばか苗病、ごま葉枯病などに殺菌効果が見られるのじゃよ。しかも、米の甘みとうま味を増進させるばかりでなく、生育も促進することができる。どうしたら自然を傷つけずに、人間の営みを続けていくかということを、我々は常に考えながら生きていかなければならぬのじゃ。

わしにそんなことを全て伝授してくれたミツバチ使いの長老が亡くなってからは、今度はわしが村人にミツバチの飼育の仕方などを教えるようになった。そんなところから、皆わしを『ミツバチじいさん』と呼ぶようになったんじゃ。わしはこの名をたいへん名誉に思っとるから、君たちもそう呼んでくれたまえ。

ところで、君たちは何をしにこんなに遠くまできたのかね」

スグリは、ここまでたずねてきた理由を筋道たてて語った。白神山地の薬師の仙人の尊い研

究のために、三千年に一度実をつける桃をぜひ分けてほしいと。

黙って耳をかたむけていたミツバチじいさんは言った。

「悪いが分けてやることはできぬ。わしたちは余りにも秘境に住んでいるため世間の者たちとほとんど接してこなかったせいで、馬鹿がつく位お人よしなんじゃよ。

これまでも何回か、あの迷いの山を越えて桃を盗みにくる者がいると、まことしやかな作り話を信用してしまい、大切な桃を失ってきている。

三千年に一度しか実をつけない桃は、今一つしか残っていない。昔から万病どころか不老不死の薬と言われ、何年置いても腐敗しないという奇跡の桃じゃ。譲るわけにはいかぬ」

村人達も皆、ミツバチじいさんに賛同した。

スグリは、必死で訴えた。

仙人の研究が完成すれば、三千年も待たなくても、《幻の甘露水》という万病にきく薬が手に入る。老いや難病、けがに苦しむ者が多く、一刻も早く薬の開発が待たれているのだと。

しかし、ミツバチじいさんは決して首を縦に振らない。

皇太子日明もひすい王子も、天狗の鬼蜘蛛もカラス天狗の十足も、何とか説得しようと努力したがことごとく失敗する。薬師の仙人の苦労を思えば、このまま引き返すわけにはいかない。

一行は腹を決めた。ミツバチじいさんや村人たちの考えを変えるには、信念を持って態度で見せるしかない。粘り強く、どこまでも粘り強く。

「ああ、じれったいなぁ。どうして分けてくれないんだろう」

皇太子日明は口惜しがってぼやく。

「無理もないですよ。それを食べると不老不死になるなんて、ものすごいお宝だもの」

鬼蜘蛛はため息をついた。さらわれた双子とその母親のことを考えると、いてもたってもいられない気持ちがしたが、

（あせるなあせるな、しんぼう、しんぼう）

と、必死で自分に言い聞かせていた。


心を決めたスグリたちは、村人たちを手伝って黙々と働きだした。

ミツバチじいさんや村人たちは、そんなスグリたちの行動をじっと見守っているかのようだった。

この村のミツバチが集めるミツは、緑がかったきれいな金色をしていた。たいそう濃いためにしぼるのに難儀する。慣れていないスグリたちは悪戦苦闘して、やっとしぼり終えた日の午後、ハチミツをはじめてご馳走になることができた。

「複雑で奥の深い味がする。苦労するだけの甲斐がある素晴らしいハチミツだ」

と、皇太子日明は感心した。

ひすい王子も絶賛した。

「糖度も高いし、後味が実にすっきりとしている。この世で最高のハチミツだ」

「薬草の味も少しする」

スグリがつぶやくと、ミツバチじいさんは自慢した。

「下界では決してこの味は得られない。農薬に汚染されていない薬草の花から採れた本物のハチミツじゃよ。悪いミツは、口の中にすっぱい味が残るからすぐ分かる。

ミツバチが元気で生きられる世界は、人間にとっても最高の住みよい世界。

わしの望みは、そんな自然を守り続けていくことと、ミツバチの群れを強くして巣箱を増やしていくこと。この二つしかない」

スグリは、ミツバチじいさんの仕事の尊さを理解した。

白神山地の薬師の仙人のように、ここにも自然や人間のためによりよい世界を築き、守り続けていこうと努力している人がいると強く感じた。スグリはそんなミツバチじいさんを尊敬し、心から手助けをしたいと思った。


この秘境では、自然が驚く程大切に残されていた。

田んぼには数億年前から同じ形で生き続けているという、甲かく類のカブトエビがたくさん生息していた。海にいる大きなカブトガニとそっくりであるが、体長は一寸（三㎝）程でずっと小さい。逆さまになって忙しく脚を動かして泳いだり、泥の中にもぐって休んだりする可愛らしいエビである。草とり虫とも呼ばれ雑草の芽を食べてくれるので、村人たちは草取りの重労働をせずにすむ。農薬などを使わずに稲を育てている村人たちの知恵に、スグリたちは感心した。


三十日程経つと、スグリたちはミツバチじいさんの家に呼ばれた。

「村の者たちと相談したのじゃが、三千年に一度の桃の実を分けてやることにしたよ。しかし、大切な桃ゆえ、ただでは渡せぬぞ。村人の生活に役に立つ何か貴重なものと交換(こうかん)したい」

スグリたちは、パッと顔を輝かした。

「教えてください。何と交換(こうかん)なんですか」

「もしあれば、村人たちがとても助かるものと取り替えたいのじゃ。非常に難しいぞ。それというのも、自由に空を飛べるという天上界の秘宝、天の羽衣(はごろも)じゃ」

「天の羽衣」

スグリたちは顔を見合わせた。ほっとして気がぬけた感じがした。何だ、それなら我々は三枚も持っている。

ミツバチじいさんは、言葉を続けた。

「辺境の地に暮らしている我々は、天然塩一つ手に入れるのも容易ではない。ハチミツもたくさんとれるようになったから、物々交換（こうかん）をすれば暮らしが楽になる。しかし、これまで山を下っていった多くの若者は帰ってこぬのじゃ。きっと皆、迷いの山々で方角を失い、故郷に戻ることができないでいるに違いない。

天の羽衣があれば、深い森もひとっ飛び。そんな悲しい出来事は起こらずにすむ。どうじゃ。天の羽衣を探して持ってくれれば、この世にたった一つしかない桃を譲（ゆず）ってやろう」

スグリは、にっこりして言った。

「何だ。そんなのでいいのですか。持っていますから差し上げましょう。

ほら、これです、はいっ」

ミツバチじいさんは、口をパクパクさせて驚いた。

「まさか、嘘（うそ）じゃろう。何でおまえたちが天の羽衣を持っているんじゃ。信じられぬ」

スグリの差し出した透き通った紅色の美しい衣を手に取ると、ミツバチじいさんは半信半疑（はんしんはんぎ）で身につけた。すると、フワッと体重が消えて、体が土間の上に浮いたではないか。

空中を舞いながら家の外に出たミツバチじいさんは、ありったけの大声を出した。

「本物じゃ。本物の天の羽衣じゃぞ。こりゃ、すごい」

集まってきた村人たちも、空中に浮かんでいる長老を見て歓声をあげながら追いかける。

ミツバチじいさんは、村を囲んでいるツブラシイの木々の周りを一周すると、心から満足して戻ってきた。村人たちは大喜びした。

「これで、もう若者が迷うことはないわ」

「これからは楽に迷いの山々を抜けられるぞ」

皇太子日明とひすい王子は、顔を見合わせた。

天の羽衣はあと二枚ある。もう一枚をあげようか。

皇太子日明が口を開く。

「実はもう一枚あるんですよ。良かったらこれもどうぞ」

ひすい王子の持っている一枚はやるわけにはいかなかった。何かあった時の用心のために、自分たちに残しておかなければ。

村人たちは仰天した。

「どういう素性の人たちなんだろう。天の羽衣を二つも持っているなんて」

「桃一つと交換なんて安いものよ。だって三千年目の桃の木があるから、実をつければ、すぐにいくつもとれるのですもの」

帰らぬ息子を待ち、歯を食いしばって耐えてきた女たちは嬉し涙を流した。

スグリたちは幻の桃の実はもう手に入ったのも同然と思い、にこにこと顔をほころばせた。

しかし、ミツバチじいさんは思いがけないことを言った。

「まだ桃の実を渡すわけにはいかぬ。もう一つ条件がある」

「えーっ」

と、声をあげたのは村人たちだった。

「何を言い出すんだい、ミツバチじいさん」

「これ以上何の条件があるというんだ」

「聞いてないよ、そんな話」

村人たちのそんな声を聞いても、眉一つ動かさないミツバチじいさんを見て、スグリたちは緊張した。

「我々はミツバチをこんなに飼っているから、いつ天敵の熊がおそってくるか分からない。熊はねらいをつけた巣箱はとことん食い尽くしてしまう。

ミツバチたちは、一斉に毒蛇の攻撃音によく似た羽音を出して、威かくして熊を追い払おうとするが、熊によってはまったく効き目がない。

脂肪が厚い熊は刺されても何も感じないが、一度刺したミツバチは針が抜けて死んでしまう。この村の犬たちも勇敢ではあるが、熊の爪に裂かれて何頭も命を落としている。

それで黒影が欲しい。この位巨大な犬がいれば、熊もさすがに恐れてこの村に近づかなくなるだろう。黒影をくれるなら大事な桃を譲ってやろう」

スグリは言葉を失う。とても承服できる話ではない。

「いつまでも一緒だよ。影のように離れずついておいで」

と、名づけた黒影と別れるなど考えられない。

皇太子日明は、怒りのために全身を震わせて叫んだ。

「何を言うんだ、長老。こっちは日読み国の最高とも言えるお宝を二枚もやろうと言っているんだ。それを、黒影もよこせだと。何という恩知らずだ。呆れたものだ。

ああ、止めた、止めた。この交換話はなかったものと思え」

「そうだ。三十日も共に暮らせば、スグリと黒影が特別な仲だってことにいやでも気づくだろうに。何がミツバチ使いの長老だ。節穴の目を持つただのじいさんじゃないか。がっかりだ」

吐き捨てるようにそう言うと、ひすい王子も短気に立ち上がる。

「スグリ、こんな所に長居は無用だ。もう桃などいらぬ。帰ろう」

村人たちは、おろおろと取り乱す。

「ミツバチじいさん。気でも違ったのかい」

「天の羽衣が手に入るのに。しかも二枚もだよ。

こんないい話はもう二度とないだろうに」

カラス天狗の十足は、緑色のくちばしを尖んがらしてキーキー声で叫ぶ。

「何て腹黒い長老だ。善良そうに見えたのに」

「スグリ様、おいとまいたしましょう。こんな欲深者にかかわっていてはたいへんなことになりかねませぬゆえ」

天狗の鬼蜘蛛も、立ち上がってきっぱりと言う。

何と言われようと、ミツバチじいさんは黙り込んで口をへの字に結んでいる。

スグリは、細い白い指先で、着物の内側に首に下げた二つの切子玉に触れた。

柿葉(かきは)おば様から授かった紫の切子玉は語っている。

『そなたは、天帝のただ一人の後継者。いつでも高い品位と高貴な魂を持ち続け、皆のために役立つ生き方をせよ』

と。そうしなければならないのは分かっている。しかし、そうすれば、母の形見の桃色の宝石が約束する幸せは永遠に失われるとスグリは思った。

心は張り裂けそうだったが、黒影と別れる決心はついている。

中断している薬師の研究を再開させるためには、自分と黒影が我慢するしかないのだ。

「さし上げましょう、黒影を。どんな犠牲(ぎせい)を払っても、薬師の仙人の研究は続けてもらわねばなりません。ですから、黒影の代わりに幻の桃をいただかせてください」

「スグリ、正気か。後悔するぞ」

ひすい王子が、驚いて叫ぶ。皇太子日明も吐き捨てるように言った。

「この欲張りの年寄りめ。お前なんてろくな死に方はしない」

「そうだ」

「その通り。間違いあるものか」

天狗の鬼蜘蛛とカラス天狗の十足も怒鳴った。

「何とでも言え。天の羽衣二枚と黒影が、交換に際しての絶対の条件じゃ」

ミツバチじいさんは、あくまでも頑固であった。

奇跡の桃を一個預かって、白神山地に向かおうとするカラス天狗の十足は文句を言った。

「日明様は、天の羽衣をもう一枚やるなんて言わなければ良かったのに」

皇太子は口惜しくてたまらず、自己嫌悪にも陥っていた。

「ああ、言って損したさ。秘境に肩を寄せ合って生きている気の毒な人たちだと思って、同情したのが裏目に出た。（こんなにだまされやすくては、とても立派な天皇になんかなれっこない）」

ひすい王子も、腹を立てすぎて体も声も震えている。

「お人よしで今まで何回もだまされ続けてきただと。大嘘つきのろくでなしめ。自分たちの方こそ、こうして何人もの人たちを手玉にとってきたんじゃないのか」

切れ長の細い目はつり上がり、端正な唇の辺りが青ざめて見える。

太い綱でつながれた黒影は、スグリたち一行に置いていかれるのが分かると、後ろ足で立ち上がって恐ろしい程吠えた。綱をかみ切ろうとしたり、綱を結わえつけた棒くいを引きぬこうとしたり、あらん限りの力を出して黒影は荒れ狂う。

「ミツバチじいさんの気持ちが分からない」

と、村の男たちはつぶやき、女たちは黒影の心情を思いやって泣いた。

「スグリ様を頼みましたぞ」

カラス天狗の十足は、心を残しながら旅立って行った。余りにも大きすぎた代償を払った桃を、白神山地の薬師の仙人に届けるために。


残された皆は、深い山の中を無言のまま歩いていた。

仲間の黒影を失った喪失感は大きい。黒影の遠吠えがいつまでも耳について離れないのに、スグリは涙が出なかった。余りに痛みが強いと苦痛を感じないものかもしれない。

スグリは後悔し続けている。

（ごめんよ、黒影。皆の幸せのためにお前を犠牲にしなければならない。

ああ、旅につれてくるのではなかった）

気分を変えるかのように、皇太子日明は言った。

「ツチノコと三千年に一度実を結ぶという桃は手に入れた。後はアオゲとオナガの行方を突き止め、それから幻の甘露水のありかを教えてくれる錫杖の熱いお地蔵さまを見つければいいんだな」

ひすい王子も相づちを打つ。

「もしかすると、今頃双子は戻ってきているかもしれないね。これまで七日も過ぎれば、神隠（かみかく）しにあった子は皆無事に戻ってきているというから」

「記憶を失って戻るなんて。いったい誰がそんな手の込んだことをするのでしょう」

天狗の鬼蜘蛛もそう言いながら、甥（おい）の双子たちをさらった者たちを見つけたら、ただではおくものかと心に誓（ちか）う。

スグリは、皆の話をまるで聞いていなかった。夢の中でも歩いているようで、深い悲しみに自分を見失っていた。


真夜中に、麻痺（まひ）した心が解（と）けたスグリは泣き出した。

闇（やみ）に包まれた山奥深く、たき火を囲んでいる皇太子日明とひすい王子、天狗の鬼蜘蛛は肝（きも）をつぶした。

「黒影に会いたい。会いたくてたまらない。

ああ、どうして別れることができるなんて思えたのだろう」

泣いているスグリを目にするのは、三人とも初めてである。それにしてもスグリが声に出してこんなに泣くなんて。

泣き疲れて、眠ったスグリを起こさぬように、低い声で皇太子日明は言った。

「許せぬ。あのミツバチつかいの長老め。ぜったいにこらしめてやる」

「わたしもこらしめに行く。こんなにスグリを悲しませる奴は捨ててはおけぬ」

ひすい王子も、きっぱりと言い捨てる。

「朝まで待ちましょう。スグリ様がせっかく寝ついたところですから。

本当に、あのミツバチじいさんはこのままにしてはおけませぬな。わたしの命に代えましても、黒影を取り返して差し上げねばなりませぬ」

天狗の鬼蜘蛛も、深く心に期するところがあるらしく、只(ただ)ならぬ決意を赤ら顔ににじませて言った。

三人の若者は、寝ているスグリをそっと見守った。少年の服装はしていても、そこはかとなく少女の優しさ、たおやかさがにじみ出ている。

「クス、クスン」

と、眠りながらスグリが涙をすすり上げた。三人は愛しさで胸がいっぱいになり、夜が明けたら直ちにミツバチつかいの長老のところへなぐり込んでやろうと武者震(むしゃぶる)いをした。

夜が明けぬうちに、思いもかけず、黒影が姿を現した。首には大きな風呂敷包みが縛(しば)りつけられている。黒影は、横たわって寝ているスグリを見つけると、しっぽを風車のように回しながら喜んだ。

「綱(つな)を食いちぎって逃げてきたのか」

皇太子日明は叫ぶ。

「偉いぞっ」

と、鬼蜘蛛も褒めた。

「黒影」

スグリが目を覚ますと、黒影は体をくねらせて跳びはねた後、いじらしいぐらいスグリの手のひらや顔、足のつま先までをなめまくった。スグリは、黒影に抱きついて今度はうれし泣きをする。泣き過ぎたスグリは、今まで見たこともない程腫れぼったい顔になったのに、何故こんなにも可愛く思えるのだろうと、ひすい王子は我が目を何回もこすった。自分は正気かと疑いを持つくらいだった。

天狗の鬼蜘蛛が、黒影の太い首に下がった包みをほどくと、ミツバチ長老からの手紙と桐の箱が出てきた。

スグリ様

悲しい思いをさせてすまなかった。年齢を重ねると疑い深くなる。

そなたたちが真実のことを語っているのか知りたかったのじゃ。天の羽衣という日読み国の最高の宝を二つもいただきながら、黒影も置いていけなどそなたの心情を試すようなことをして、誠に申し訳なかった。

すごい殺気を感じてならぬゆえ、血気はやる若者たちが、黒影を取り返しにくる相談をしているに違いない。しかし、若者たちが来るまでもない。このままでは、わしが黒影に間違いなくかみ殺される。黒影は恐ろしい目をして、ずっとわしをにらんでおるからの。黒影の首に荷物をくくりつけ、持たせてやるのも一苦労であろうよ。屈強な若者たちがかまれなければいいが。

これ程の見事な犬を、そして固き絆で結ばれた黒影を、よくぞ置いていったものじゃ。そなたの高き志と薬師の仙人様の研究に対する尊い思いは、この年寄りにもよく理解できたぞ。

実は、不老不死の幻の桃は一個だけではない。他にも仕舞ってあったのを持たせるゆえ、ぜひ薬師の仙人様へ届けてほしい。

秘境に生きる我々だからこそ、薬のない暮らしの悲惨さはよく分かる。研究の完成を強く願っておるぞ。

そなたたちへの土産に、奇跡の桃の花からとれた貴重なハチミツをやろう。桃の実程ではないが、かなりの不思議な効能があるゆえ役に立つぞ。

まもなく三千年に当たる桃の木があるのでまた収穫できるゆえ、こちらの心配はせずともよい。そなたたちのおかげで、天の羽衣が二枚も手に入り、ハチミツと天然塩の交換に安全に出かけられるようになり、村人は皆大喜びをしておる。

そなたたちが訪ねてきてくれてよかった。ありがとう。本当にありがとう。

ミツバチの爺より

皇太子日明が手紙を読み上げると、ひすい王子はうなった。

「やっぱりくせ者の長老だ。一個しかないなんて言いながら、こんなに隠していた」

箱の中に十個も並んでいる香り高い桃を目の前にして、皆は驚いた。

「こんなにあれば、薬師の仙人様は安心して研究に取り組める」

スグリは手離しで喜んだ。大切な黒影も戻り、何も言うことはない。

ひすい王子の怒りは、なかなかおさまらなかった。

「まったくあの嘘つきめ。これまで何回もだまされてきたなんて嘘に決まっている。あの長老がいる限り、あの村は誰が来ようと大丈夫だ。だましてもだまされることなんか絶対ない。それはない。断言できる」

「同感でござる。実に見事なまでにしたたか者でござる」

と、天狗の鬼蜘蛛も言う。

「ぼくは生まれて初めて、人をものすごく憎んでしまった。実に恐ろしいことだ」

と、皇太子日明が呟くと、ひすい王子もうなずく。

「それだけ、スグリ姫を大切に思っているということさ。（何と、まったくわたしと同じじゃないか)」

　今度は、天狗の鬼蜘蛛が、貴重な宝の桃が詰まった箱を大事に抱え、背中の白い羽を広げて白神山地に向かって飛び立っていった。

七　戻ったアオゲとオナガ

天狗の鬼蜘蛛と入れ替わりに、カラス天狗の十足が姿を現した。宮殿に寄り道をした十足は、天帝と后にこれまでの旅の経過を報告してきたという。

「アオゲとオナガはどうした。戻っていたのか」

と、ひすい王子がたずねる。

「はい。戻っておりました。兄のアオゲは無事でございましたが、弟のオナガがたいへんなことになっていました。両親の顔すら忘れてしまったのです。

アオゲが実に奇妙な話をするので、天帝様が博識なスグリ姫にぜひ聞いて欲しい。いったん宮殿に戻られるようにとおおせになりました。お后様は必要であろうと仰られて、天の羽衣を二枚わたしに預けられました。天の羽衣と奇跡の桃を交換したことは、わたしは一切話しておりませんのに、お后様は全てご存知のようでした」

「素晴らしい千里眼だ。なぜ、ぼくたちが天の羽衣を失ったことが分かるのだろう」

皇太子日明は驚く。后の不思議な力は噂には聞いていたが、実際に目のあたりにしたのは初めてであった。

スグリは矢も楯もたまらず、祖父母に会いたくなった。皆は天の羽衣を身につけると、背中の白い羽をたたみもしなかったカラス天狗の十足と共に空高く飛び上がり、日読み国の宮殿をめざした。黒影はものすごい速さでスグリたちを追いかけていく。

「よくぞ戻った」

と、天帝は喜んだ。孫姫を見ると厳しい顔が見る間にくずれて、甘い祖父の顔になってしまうので、内侍たちは微笑んだ。

スグリが天の羽衣を失ったことをわびると、天帝は機嫌よく言った。

「よいよい。貴重な桃を手に入れるためなら当然じゃ。后の持たせた天の羽衣を、新たにそなたたちのものにするがよい。旅を続けるには必ず必要になるであろうからな」

スグリは、ミツバチ使いの長老からのお土産を差し出した。

「三千年に一度実をつけるという桃の花のハチミツです。不思議な効能があると言いますから、どうぞ召し上がれ」

「おお、それは嬉しいの。さっそく后に飲ませようぞ。后には元気で長生きしてほしいからの」

と、天帝は喜んだ。

「帝こそ。スバル亡き後、ずいぶん無理をしておられまする。わらわよりも、帝こそどうぞお先に召し上がれませ」

后も嬉しそうにハチミツのお土産を受け取る。

「ところでスグリ姫。アオゲとオナガをはじめ、都より神隠しにあった子どもたちが戻ってきた話は知っておるの」

と、天帝は言った。

「はい。十足から聞いております」

「奇妙なことを、兄のアオゲが言うのじゃ。さらったやからは、子どもたちを家に帰す時に忘れ薬を飲ませたらしい。双子はそっくりなのをいいことに、奴らのすきをついて入れ替わり、オナガが二人分の忘れ薬を飲み、アオゲは見聞きしたことをすべて覚えて戻ってきたのじゃ」

「何とかしこいこと。さすが、鬼蜘蛛の甥だけのことはあります」

スグリがほめると、白神山地から戻った天狗の鬼蜘蛛は胸を張った。十足と同様に、十個もの奇跡の桃を薬師の仙人に届けたことを天帝と后に報告するため宮殿に寄ったのが幸いし、思いがけずにスグリたちと合流できたのだった。

鬼蜘蛛の後ろに控えていた双子の父親も喜んで微笑んだ。神隠しにあった息子たちを捜し続けた父親は、心痛のためにかなりやつれてはいるが、筋肉隆々の体つきをした美男のカラス天狗であった。

「しかし、かわいそうなことをしたのはオナガじゃ。自分から進んで二人分飲んだというが、両親の顔すら忘れてしまったとは。母親は病みそうになる程心配をしとる。幻の甘露水があればたちどころに治してやれるものを。何とも不憫でならぬ」

と、天帝は語る。

「アオゲを宮殿に呼んでおる。スグリ姫よ。先ず話を聞いてやってみてくれ。わしらでは分からぬことが、スバルの深く広い知識を受け継いだそなたになら、理解できるやもしれぬ。なぜ子どもたちを誘拐しているのであろうか。せめて憎きやからを捕らえる手がかりでもつかめぬかの」


天帝の御前に連れてこられたアオゲは、父親似のきりっと引き締まった賢そうな顔をしていた。緑色のくちばしを尖がらせて、鉄砲玉のように語り出す。

「あいつらは、ぼくとオナガの顔の皮をはごうとしたんだ。お面をつけている子どもだと思われたんだよ。いくら違うと言っても信用してくれなかった。痛い痛いとぼくたちが泣き叫ぶまで放してくれなかった。うんと怖かったよ。

一緒にさらわれた他の子たちは、ぼくたちよりも大きかった。天狗やカラス天狗一族は育ちがはやいから、ぼくたちはきっと年上に思われて連れて行かれたんだよ。

ぼくらは一人ずつ呼ばれて、おかしなことをやらされた。

火種が何もないのに、

『ろうそくに火をつけよ』

とか、

『手を使わずに、そっちの水差しの中の水をこっちの水差しに移せ』

だの、無理なことばっかり。そんなこと誰もできないと、

『この子でもなかった』

『あの子でもなかった』

と、がっかりしているみたいだった。あいつらは誰かを捜(さが)しているんだよ。変なことができる子どもをね。最後に、みんなを一列に並ばせて、

『この薬を飲んだら家に帰してやる』

と、言ったんだ。毒を飲まされて殺されるのかと思ったよ。

でも、飲んでも死ななかった。

『甘くて、美味しい』

なんて、喜んでいる子もいたよ。ぼくたちはオナガが薬を飲まされた直後に、

『おしっこがしたい、おしっこがしたい』

と、二人で大騒ぎをしたんだ。便所の中でぼくたちは着物を交換(こうかん)して入れ替(か)わった。双子だから、奴らはぼくらが入れ替わっていたのに気づかなかったんだ。戻ったところでオナガがもう一度、ぼくの分の薬を飲んだんだよ。

石の建物を出される時にぼくは見た。あれは建物ではなく石でできた船だった。間違いないよ。枯れ木や草で分からないようにうまく隠していたけど、ぼくの目はだませない。石の船なんて水に浮くはずがないだろう。沈むに決まっているのに何でかな。

でも、ぜったいあれは石の船だよ。川も池なんかもなかったのに変なの」

知恵を働かしてよく報告してくれたと、スグリはアオゲをほめた。

「よくがんばったね、えらいアオゲ。オナガも自分を犠牲にして二人分も薬を飲むなんてとても勇気がある」

「スグリ姫様、オナガのやつ、あれから何もかも忘れてしまったんだ。父上や母上のことも、兄貴のぼくのこともわからなくなってしまった。自分の名前すら覚えていないんだ。

『ぼくはだれなのさ。ここはどこよ』

って、そればっかり。母上は毎日泣いているし、

『どこのどいつだ。大事な息子をこんな目にあわせたやつは。畜生、見つけたらただではおかぬ』

って父上はカンカンに怒っている」

「無理もない。ご両親は心配でたまらないんだよ。

そうだ。ミツバチじいさんにいただいたハチミツを飲ませてみよう。効くといいのだけれど」

不思議なハチミツの効果はてき面で、オナガはすぐさま両親と兄のことを思い出した。

しかし、細部にわたる大半の記憶は失われたままであった。鬼蜘蛛の妹は、泣きべそをかいた赤ら顔にやっと笑顔を浮かべた。大切なオナガをひしっと抱き締めると、またポロポロと嬉し涙をこぼした。

「わたしは、幻の甘露水を探しにいってくる。絶対見つけてきて、オナガの記憶を元に戻してあげるよ。約束するから待っていて」

スグリは、もう一度旅に出ることにした。まだ幻の甘露水を見つけていない上、おばあ様の胸騒ぎの元や、アオゲの話に出てくる石の船が気になってならない。

しかし、ミツバチじいさんの一件で、強い悲しみを体験したスグリが黒影を置いていこうとしたら、天帝が猛反対をした。

「置いていってはならぬ。そなたの愛犬ゆえに、そなたがいなくなれば寂しがって凶暴になるかもしれぬ。さすれば、黒影のたけだけしさを鎮めることは至難の業ゆえ、宮殿の兵隊たちへの被害は甚大になろう。優秀なマタギの集団でも、骨を折る程の困ったことになるのは目に見えておる。

それに何よりも、黒影がそなたについておれば最強の護衛にもなろう。わしも后もどんなに心強いかしれぬ。姫よ。黒影は必ず連れて行くのじゃぞ」

后も、黒犬のつやつやした背中を優しくなでながら語った。

「先のことはなるようにしかなるまい。しかし、スグリ姫よ。心配せずともよいぞ。離ればなれになっても、黒影はいつでもそなたの元に還って（かえ）きておるではないか。黒影の目を見てみよ。いつでもそなたばかりを目で追っておる。大丈夫じゃ。黒影はそなたの側に置いておくように」

スグリは気持ちが安らかになり、黒影と再び旅に出る決心がついたのだった。

八　狂騒の一夜

幻の甘露水のある場所を教えてくれる錫杖の熱いお地蔵さまを探して、スグリたちは数日間歩き続けた。深山の中での探し物には天の羽衣は使えない。鋭いとげだらけの藪の中を這いつくばってのぞいたり、至る所に張り巡らされているアケビや藤のつるを払いのけたりしながら、目を皿のように凝らして探し回った。

気まぐれで知られたお地蔵さまは一向に姿を現さない。

スグリたち一行は、持ってきた食べ物が底をついていた。そこで皆で相談して、食料を調達して夕食には何か力のつくものをこしらえることにした。天狗の鬼蜘蛛がこんなこともあろうかと土鍋を持参していたので、その用意周到さには皆感激してほめちぎった。

鬼蜘蛛とカラス天狗の十足は、山鳥や山菜などを探しに行った。

スグリと皇太子日明、月読み国のひすい王子は、キノコを集めることにした。スグリは、百種類以上もの食べられるキノコと、食べると危険な毒キノコを知っていた。幼い頃から、父親に繰り返し教わって育っていたからだった。

スグリは、敏性な身のこなしで歩きながら二人に教えた。

「キノコは森のそうじ屋さんだよ。枯れ葉や折れた枝などを分解し土にして、森をきれいにしてくれる。キノコがなければ、森は汚れたままになってしまうんだ。

ナラタケはね、枯れ木に大量に発生する。甘い香りがして味もよく、よいだしがとれるから、今日はこのキノコをねらってとろう。かさは黄褐色から淡褐色、緑褐色のもある。柄は小指程の長さから親指と人差し指の間位の長さがあって、上の方にはっきりとした厚い膜質のつばがあるよ。猛毒キノコのコレラタケと似ているから、識別が少し難しい。

コレラタケはひだが少し赤っぽい褐色をしているという違いはあるけれど、決定的な違いはないから要注意だよ。見つけたら必ずわたしに見せるようにしてね。

もしかするとヒラタケが出ているかもしれない。これも枯れ木の上や倒木に多数重なり合って生えるよ。若いかさは青黒くネズミ色、かさが次第に大きくなると灰白色になる。穏やかなよい味で、どんな料理にも合う優れものだよ」

皇太子とひすい王子は、張り切ってキノコ探しをはじめた。

ひすい王子は、黄金色のかさがまんじゅう型をした根本が太いキノコを見つけた。

「素敵なかわいいキノコだ。スグリ見てくれよ。これ食べられるだろう」

「コガネタケみたいだね。どこでとったの」

「枯れ木の幹の上だよ」

「あっ、それじゃ駄目駄目、食べられないよ。噛むと非常に苦いキノコだから捨ててね」

スグリの答えは素っ気なかった。いかにも食べられそうな色、形のキノコなのに。

ひすい王子は縦にさいてみた。

『縦にさけるキノコは食べられる』と、聞いたことがある。よくさけるではないか。

（こんな可愛らしいキノコが、悪いキノコであるはずがない）

ひすい王子は、黄金色のキノコを捨てることができなかった。うじうじと思い悩みながら持ち歩いて、最後にとんでもないことをしてしまう。皆が見ていない時に、山鳥や山菜を煮込んだ中にそのキノコを内緒で入れてしまったのであった。

食後すぐに、スグリと黒影を除いた四人が発症した。

「何だか寒いよ。ぞくぞく冷え込んできた。どうしたんだろう」

皇太子日明は、身体を震わせ歯をカチカチし始める。

「寒い上に何だか目が回る、ああ、本当に気分が悪いよ」

「わたしも目の前がグルグルする。それに、このひどい寒気はただ事ではない」

鬼蜘蛛と十足も、立っていられなくなりひざまずいて地面に突っ伏す。

神経系統がおかされたひすい王子は、ヘラヘラ笑いながら何か目の前のものをつかもうとしていた。皆、幻覚や幻視があるらしく、精神が異常に興奮状態にあるらしかった。

「キューン、クーンクーン、ウワーン」（いったい皆どうしたの。どうしちゃったの）

とばかりに黒影は鳴くと、気味が悪そうに遠く離れて様子を見守る。

「おお、雪女だ。何とこっちには絶世の美女もいる。

あっ、お願いだよ、逃げないでおくれ、わたしの元へ来ておくれ。

わたしは心優しい天狗。あれ、わたしのことを知らないの。天下の鬼蜘蛛だよ。

おお、美しい内侍たちもたくさんやって来た。

嬉しいなったら嬉しいな」

鬼蜘蛛は美女に取り囲まれた夢でも見ているらしく、あっちにフラフラ、こっちにフラフラと漂(ただよ)いはじめる。

「何だか、オオワライタケにでも当たったような感じがする。確実なキノコしかつかっていないのにどういうわけだろう」

スグリは首をかしげる。オオワライタケは、死亡することはなかったが、狂騒状態になるかもしれないのが心配だった。普段はおとなしくて思慮(しりょ)深い十足までが、銀色の髪を振り乱して、キーキー声で騒ぎ出す。

「おっ、かわうその化け物め。人をだまして殺すつもりだな。そこになおれっ、退治してくれる。あれっ、なんだこの不思議な綿のような妖怪は。いきなり足にからみついて、これじゃあ歩けないじゃないか。ええい、どけ、どけっ。

気味が悪いな。正体が分からない。これが俗に足曲がりというもののけかな。

ありゃぁ、力持ちの幽霊まで出てきた。何とおまえは農民の妻のくせに力が強く、とうとう幽霊になって人に取りつき、ひどく投げ飛ばすというもののけじゃないか。

こいっ、勝負だ。力勝負なら負けないぞ」

と、そのうるさいことといったらなかった。

大岩に抱きついて取っ組み合いをしたと思ったら、今度は刀を抜いて振り回し始める。

危なくって仕方がない。

ひすい王子までが、『昇龍（しょうりゅう）の舞』を舞っている夢でも見ているのだろうか。キラリキラリと刀を光らせながら、あやし気な足取りで踊り始める。

スグリは身体能力の高さを生かして、白刃をくぐり抜けながら、十足を遠ざけ、ひすい王子を皇太子や鬼蜘蛛から引き離した。

「ここなら危なくないよ。好きなだけ踊るといい」

鬼蜘蛛は、美女と間違えてたくましい体つきの皇太子日明に抱きついた。

「つかまえたっと、もう離さない」

皇太子は、地面にうずくまってうめき声を立てている。

「目が回る、目が回る。ああ、クラクラして立っていられない。それに寒いよ。

おお、鬼蜘蛛、丁度いいところに来てくれた。ぼくを力いっぱい抱いてくれ。

そう、もっともっと、ぎゅっとだ。ああ、寒い、寒い。凍（こご）え死にしそうだよ」

「キュー、キュー。クィーン、クィーン」（どうしたんでしょう、この人たちは）

スグリに寄り添って草の上にうずくまった黒影は、目を丸くしてたずねるように鳴いた。

「きっと時間が解決してくれるさ。皆神経がおかされて、どうも神秘的な世界に導かれているらしいよ。気長に元に戻るのを待つしかない。

いったいどの位たつと元に戻るものなのだろうか」

スグリは大木の幹に背中をもたせて座ったまま、黒影と一緒に一晩中皆を見守っていた。


翌朝になると、毒キノコの症状はおさまってきたらしかった。

皆、騒ぎ疲れてぐったりしている。

やつれた顔をしたひすい王子が、正直に打ち明ける。

「わたしが悪いんだ。皆、すまない。スグリに捨てろと言われたキノコを、食べられないわけがないと思って、内緒（ないしょ）でなべに入れてしまった」

「やっぱりあれはオオワライタケだったんだ。あの時、どこでとったのと聞いただろう。もし、地面でとれたのならコガネタケで食用にできたのだけれど、木の幹だったから捨てるように言ったんだよ。そっくりなキノコだから、毒キノコかどうか発生場所で見分けるしかないんだ。

ああ、もっと強く危険だと言うべきだった」

と、スグリは残念がり、自分を責めた。

目の下にくまをこさえて、体調が悪そうな皇太子日明も呟く。

「正直に打ち明けるよ。実は気になるキノコがあったので、ぼくも内緒でなべに入れてみたんだ」

皆、驚いてあんぐり口を開けた。

「何て危ないことをする人たちだ。これじゃ命がいくつあっても足りやしないよ。あきれたな」

カラス天狗の十足が、緑色のくちばしを尖んがらしてつぶやく。一晩中刀を振り回して、妖怪変化と戦いぬいた後なのでへとへとに疲れきっていた。

美女を追いかけ回していた鬼蜘蛛も、腹を立てる気も起きないくらいくたびれ果てていて、白い髪の毛をバサバサに乱し、赤ら顔をゆがめてだるそうにあくびをする。

スグリは、真剣な顔をして皇太子にたずねた。

「いったいどんなキノコを入れたの。早く詳しく教えてよ」

「死ななかったんだから、もう許してくれよ。皆こうして危機は乗り越えたんだ。

ぼくの失敗は忘れてもらいたい」

「駄目だよ。キノコによっては、病状が出るのに日にちがかかるのもあるんだ。

中には腎臓や肝臓がおかされたり、心臓がすい弱して死亡したりする毒性の強いキノコもある。もし、そんなやつだったらたいへんだよ」

皇太子は驚いて、そのキノコの形状を思い出して話した。

「淡い澄（す）んだ黄色のじょうご形のキノコだった。ササやぶに発生していたんだよ」

スグリは、血相を変えた。

「ドクササコに間違いない。ヤブシメジともいって、これは食べると四、五日から十数日して、手足の先が赤く腫（は）れるんだ。火傷（やけど）のような激しい痛みが一ヶ月以上も続く。この痛みは、まるで拷問（ごうもん）に掛けられたような苦しみだというよ。

このキノコによって死ぬようなことはないが、痛みが出ないうちに、皆今すぐ宮殿に帰った方がいい。宮殿になら不思議なハチミツがある。少しは痛みが和らぐと思うから」

スグリの話に、一同はガックリと首をたれる。

こんな山奥に、女の子を一人ぼっちにして置いていっていいものだろうか。いくら身体能力が高く博識ではあっても、まだ十四歳の少女にしか過ぎないのだから。

しかし、拷問のような痛みが一ヶ月も続くなんて耐えられるものだろうか。

「スグリも一緒に宮殿に戻ろうよ」

と、皇太子日明は言った。

スグリは、首を横に振ってきっぱりと言う。

「もどらないよ。幻の甘露水を早く見つけて、オナガの記憶を取り戻してやりたいんだ。それにこれから君たちは間違いなくひどい症状に見舞われるだろう。幻の甘露水があればその痛みは消える。必ず見つけて帰るから、宮殿で待っていて欲しい」

スグリと別れるのがつらくてたまらないひすい王子が文句を言った。

「何でドクササコなんて入れたんだよ」

皇太子はしょんぼりとうなだれた。皇太子だってスグリと別れたくはない。

「ひすい様だって人のことは言えませんよ。オオワライタケを鍋に入れたでしょう」

と、カラス天狗の十足がくちばしを尖らせて文句を言った。

「それもそうだ。皆すまない」

ひすい王子もへこんだ様子で肩をすぼめる。

天狗の鬼蜘蛛が残念そうに言った。

「仕方がない。わたしどもはひとまず宮殿に戻りましょう。十日程も過ぎて何でもなかったら、また急いで追いかけてくればいいのですから。

もし本当にスグリ様の仰る通りの症状が出たらたいへんです。こんな山奥で、一ヶ月も激痛に見舞われ動けなくなるなんてぞっとします。また、スグリ様お一人に我々四人の看病をさせるわけにはいきませんよ」

カラス天狗の十足は不思議がった。

「それにしても、どうしてスグリ様と黒影だけオオワライタケに当たらなかったのでしょう」

「昔、おなかいっぱい幻の甘露水を飲んだせいかな。それ以来、身体にものすごい抵抗力がついて風邪一つひかない。ころんでひざをすりむいても、傷すらつかないかもしれないよ」

と、スグリは強がりを言った。

ひすい王子は、沈んだ声を出す。

「身体能力が高いから、スグリはころんだりしないだろう。わたしはまだまだ駄目だよ。その上、オオワライタケを皆に食べさせて、一晩中狂騒状態にさせてしまった。

生涯皆のいい笑い者だよ」

皇太子日明も嘆く。

「ぼくも勉強が足りぬ大馬鹿者だ。キノコのことを本当に甘く考えていたよ。ドクササコなんていうキノコがあるなんて知りもしなかった。こんなに恐ろしいことになるなんて、まだ信じられないくらいだ」

「とにかく早く宮殿に戻った方がいいよ」

と、スグリは皆を急がせた。

若者たちは心を残しながら、スグリの足手まといになるよりはと天の羽衣を身につけたり、背中の白い羽を広げたりして旅立って行った。

スグリは急に寂しくなる。宮殿に帰るように強くすすめた以上、我慢（がまん）するしかない。大事な仲間だからこそ、毒キノコのひどい症状が出た時には、万全な看護（かんご）のできるところにいて欲しかった。

「黒影、二人だけになってしまったね」

「キューン」

黒影も寂しそうに鳴いて返事をした。


数日して、スグリは不思議な小人を見かけた。

身の丈が半尺（一五㎝）位の小人は、透明な緑の衣を着て、蜻蛉（とんぼ）や蝶（ちょう）のような羽をつけている。

森の中のあちこちで花の蜜を集めたり、シモグミの真っ赤に熟した実をもいだりしている。

スグリが凝視（ぎょうし）しているのに気がついた小人たちは、驚いた。

「コノヒト、ミエテル（この人、見えてる）」

「ウソツ、ニゲロ（嘘（うそ）っ。逃げろ）」

口々に小鳥のさえずりのような声で叫ぶと、小人たちは大あわてでふきの葉陰に姿を消した。

「オオワライタケによる幻覚かなぁ。森の精霊のようなものが見えたなんて」

と、スグリは両目をこすった。しばらくしてスグリは、激しい吐（は）き気とおう吐（と）におそわれる。絶え間ない腹痛もあり、次第に歩けなくなってきた。

「黒影、たいへんだ。わたしにもドクササコの毒が利いてきた」

太い木の幹に寄りかかり、スグリはうめき声をあげる。

「クーン、クーン、キューン」（大丈夫。痛むの）

という風に、黒影は鳴いた。

手足の先が腫れ上がったスグリは、火傷のような激しい痛みに見舞われた。耐(た)えがたい痛みは数日続き、スグリは気力を振りしぼって、父親に教わった祝詞(のりと)を口ずさむ。

言霊の力で何とか苦痛から逃れたかった。スグリは微(かす)かな震(ふる)える声で、身体を健やかに保つという祝詞を唱える。

【大地乃神様におん願いたてまつる。
われにみ力を授け給え。
鮮興若(せんこうじゃく)、続康慢(ぞっこうまん)、弾栄寿(だんえいじゅ)、烈成悦(れっせいえつ)、
来喜良種(らいきりょうしゅ)、甲健長延(こうけんちょうえん)、
栄隆楽慶(えいりゅうらっけい)、高愛悠色(こうあいゆうしょく)、望実夢(ぼうじつむ)、
大地乃神様にかしこみかしこみ申す】

しかし、杉の巨木の根本に横たわったスグリは、ドクササコの痛みが強くて弱っていた。

夕刻に、猫くらいの大きさの夜行性の《風狸(ふうり)》が飛んできて幹につかまった。木立の陰か

ら、《風狸》が黒い丸い目をして、そっと下をのぞいたのもスグリは気がつかない。

《風狸》の頭部は小さく、両目は顔の正面についていた。不思議なこの生き物は、ある特定のアシを探し出して投げ、鳥を打ち落としてえさにする習性を持ち、たとえ殺されても口に風を受けると蘇生すると古代より言い伝えられている。

きわめておく病な《風狸》は、スグリのかたわらにうずくまって動かない黒犬と目が合ったとたん、恥ずかしそうに目を伏せて、またふっと風にのって姿を消してしまった。

風変わりな生き物がやって来て、そして去っていったのを、スグリはまったく知らなかった。

深夜、スグリはふいに背中をポンと誰かにたたかれた。人の気配がして、父親の明るい澄んだ声がスグリを励ます。

「おい、スグリ。大丈夫か。お前らしくないな、しっかりしろよ」

それから、天から羽のように軽い布団のようなものが柔らかくしっとりと降ってきて、スグリの全身をそっと包む。

（お母様だ。お母様も心配して来てくれた）

母親に優しく抱きしめられたとスグリは思う。亡くなった両親の存在を、生々しく感じる不思議な体験。両眼から涙が溢れ落ちてスグリはすすり泣いた。

「キュ、キューン」

黒影の声が聞こえる。

スグリは弱々しい声でささやく。

「黒影。お父様とお母様が心配して助けに来てくれたよ」

その後、スグリは深い眠りに落ちていった。

草花がしっとりと露にぬれて、秋の気配を一際強く感じるような朝が来た。目が覚めたスグリの手足のはれと痛みはすっかりひいている。

「拷問のような痛みが一ヶ月位続くはずなのに。ああ、続かないでよかったよ。前に飲んだ幻の甘露水のお陰かな、これ位ですんだのは。そうだよね、黒影。きっと」

やせて細くなったスグリは、黒影の頭をなでながら弱々しく笑った。

片時も側を離れなかった黒影は、スグリが危機を脱したのを察したのか立ち上がった。グーンと前足を突っ張らしてお尻を持ち上げて伸びをした後、とっとっとっと歩いて行き、後ろ足を持ち上げると長々とおしっこをする。

黒影を目で追っていたスグリは驚いた。

「たいへんだ。ああ、黒影、おまえお地蔵さまにおしっこをかけているよ」

スグリに注意されても、黒影はおしっこを止められない。全部出し切った後、首をすくめて鳴く。

「キュー、キューン」（ごめんなさい）

両肩を黒影の尿でぬらしたお地蔵さまは、気のせいかしかめっ面をしている。

「ごめんなさい、お地蔵さま。黒影が粗相（そそう）をしてしまって」

スグリは立ち上がった。数日間何も食べていないのでふらふらする。辺りを見回すと、清水がわいていて細く浅いせせらぎがあった。スグリは流れに手ぬぐいをひたしてしぼり、お地蔵さまをふいて清めた。

黒影も赤い舌を出して、ペロペロとお地蔵さまの肩をなめる。

もう一度手ぬぐいをすすいでこようとしたスグリは、立ちくらみを起こして目の前が暗くなった。その場に座り込むと、黒影が心配そうに鼻を鳴らす。

「大丈夫だよ。黒影。ここのところ何も食べていなかったからだね。

心配かけてごめんよ」

スグリは、お地蔵さまの錫杖（しゃくじょう）にすがって立ち上がろうとした。

「よいしょっと。キャー、熱いっ」

スグリは悲鳴をあげて、錫杖から手を離す。

「何、これ。まさかっ、これが探していたお地蔵さまなの。

嘘（うそ）みたい。信じられないよ」

スグリは、もう一度そっと錫杖にふれてみる。間違いなく熱い。地下の温泉かマグマにでも温められているのか、黒くさびた錫杖は熱くて長くは握（にぎ）ってはいられない。

「黒影、見つけたよ。このお地蔵さまだよ。お地蔵さま、すみません。おしっこをかけた黒影を許してください」

スグリは、愛犬の頭に手を置いて深くおじぎをさせた。

（いいさ。それより黒影はずい分大きくなったなぁ）

スグリは、お地蔵さまがそう言っているような気がした。


夜ふけにお地蔵さまの錫杖からあやしき光がさし照らすのを、スグリは待っていた。ついに鮮明だが細い光がさしたので、ワクワクしながら光をたどっていくと金の水槽にたどり着いた。幻の水槽は、コポコポと音を立てて清水を底からいくらでも溢れさせている。白虎と青竜の模様が刻まれている重い金のひしゃくを握って、スグリは清水をすくいあげて飲んだ。甘露水の名の通り実に美味である。

手足の激痛に弱り切ったスグリの身体はたちまち回復し、ひもじいのもすっかり消えていく。黒影は、行儀悪く金の水槽からじかに飲み始めた。舌の先を上手に丸めてピチャピチャと音を立てながら、いつまでもいつまでも。子犬の頃も、腹がはち切れそうに甘露水を飲んだことのある黒影。その効き目が今でも続いていて、黒影は無事だったのかとスグリは思う。

スグリは、竜神にもらった自分と黒影の二本の竹筒に幻の甘露水をくみ上げた。黒影の竹筒がとても大きくて甘露水がたっぷり入るのが嬉しい。旅の途中でこぼさないようにしっかりとせんをしめる。

それから水槽とお地蔵さまの周りの草をむしって清めた後、スグリは目を閉じて誓った。

（いただいた幻の甘露水は、世の中の苦しんでいる多くの人のために有効に使います）

と。

九　ズアカムカデ退治

幻の甘露水(かんろすい)を早く皆に届けようと、天の羽衣(はごろも)をスグリは身につけた。宮殿に向かって素早く飛ぶスグリを追って、黒影も風のように疾走(しっそう)する。

黒松の群生している山の中腹にさしかかったところ、竹やりや鎌(かま)などを手にして集まっている大勢の村人たちに出くわした。緊迫(きんぱく)した様子が痛い程伝わってくる。

スグリは飛ぶのを止めて、大樽(たる)ほどもある黒松の根本越しに下方をのぞいた。

男たちは洞窟(どうくつ)の前に薪(まき)を積み、火をつけて煙をたこうとしている。

洞穴の中には驚いたことに、見たこともないほど巨大なズアカムカデがいるではないか。大岩程もある赤い頭部から一対の触角が突き出ている。とぐろをまいて十数個の卵を抱いたズアカムカデは、多数の赤い足をかごのように使って、卵が地面に触れないように保護しながら何度もなめ回していた。

(ああやって弱い卵をカビから守り、乾燥を防いでいるんだな)

とスグリは思った。多くの害虫の発生源や習性、また予防などについては、父親と何度も図鑑を見ながら勉強した。人間の健康と生活を脅(おびや)かす虫たちについての深い知識をスグリは身につけている。

　ズアカムカデは、触角や体表に存在するにおいや震動に対する感覚器で、村人たちが近づいたことを察知したようであった。とぐろをほどくと、赤い頭部を持ち上げる。

　村人たちは、今にもムカデが飛びかかってきそうな気がしてびくびくしていた。恐怖で後ずさりしたい気持ちを我慢して、竹やりや鎌などの武器を必死で握りしめ気力をふるい立たせている。

　洞穴から顔を出したズアカムカデは、素早く前の方の足で先頭の若者をつかまえた。逃がさないようにいくつもの足で若者の体を巻き込むと、大あごで容赦なく若者に噛みつく。

「いけないっ。毒液が注射されるよ」

　スグリが叫んだ。

　二ヶ所の噛み傷から猛毒が注ぎ込まれ、若者は手にしたすきを取り落として激しいけいれんを起こした。若者の目がみるみるつり上がり、口から白い泡を出し始める。

　ムカデは、成長半ばの小さなものでも強い毒を持っている。噛まれると激痛を伴い、腫れや痛みが七日近くも続くので、昔から恐れ嫌われていた。

　呼吸困難に陥り全身を硬直させた若者の胴体を、ズアカムカデはむさぼり喰う。

　無惨にもちぎれた若者の両足が、ボトボトッと下に落ちた。

「こやつが人食いじゃった」

「山に行った者が何人も戻っちょらん。神隠しが何度もあったのは、こやつのせいに決まっちょる」

激昂した村人たちは、ズアカムカデめがけて攻げきをはじめた。

ズアカムカデは、洞穴から暗赤色の全身を現した。約三十尺（九ｍ）もあろうかと思われるとんでもない長さであった。

息を弾ませた黒影が追いついてきて、スグリにすり寄る。

赤い舌を垂らしている黒影の首から、スグリが孟宗竹の水筒をはずしてやると、黒影は勢いよく飛び出していった。

突然、熊程もある黒犬が現れて、猛然と巨大ムカデに立ち向かっていったので、村人たちは驚いた。

ズアカムカデが手強くて、もう退却するしかないと考えていた村長は喜んだ。目の前で若者が殺されたばかりで、これまでにも何十人と神隠しにあってきたのは、おそらくはこの巨大なムカデの犠牲になったものと考えられるから、退却は口惜しすぎた。

ズアカムカデは、大あごを突き出して黒影をとらえようとする。黒影は身をくねらせてさけると、ムカデの喉元にまっすぐ飛び込んで噛み砕き、素早く退いた。

傷を負っても血を流さないムカデは、凶暴さを増して上半身で立ち上がる。

黒松のこずえ近く、黒影に噛み砕かれたムカデの喉元が見えた。赤いキャタピラーのような多くの足を忙しく動かして、執拗に黒影を追う。ムカデの赤い頭部の両側には、単眼がそれぞれ四つずつついているが、余り目は見えず、触覚や体表の感覚器で敵の動きを察知しているのだった。

黒影は上下左右に自在に身をひるがえして、ズアカムカデを攻げきした。一度に二、三本の赤い足を噛み切り、飛びすさると見せては立ち向かい、その度に足を噛み切った。

稲妻のような速さで反対側にも回ると、襲いかかるズアカムカデの大あごをさけながら別の足をも噛みちぎる。ムカデの足は失われ、次第に歯の欠けた櫛のような状態になってくる。

ムチのように全身をしならせたズアカムカデは、己が胴体で黒影をたたこうとした。しかし、黒影はすでに逃げた後で、黒松の巨木が数本きしんだ音を立てて折れ曲がった。

村人たちはわれ先に逃げ出した。巨木の下敷きになったり、戦闘の巻き添えになったりしてはたまらない。

黒影は猛烈な勢いで攻げきを続け、残っているムカデの足を次々と噛み切ったので、とうとうムカデは赤黒い丸太のように横倒しに転がった。ムカデの巨体に耐えかねた黒松はきしんだ悲鳴をあげた。

ムカデは、大あごを開けたり閉じたりしながら、

「キキキキ、キキキキ」

と、聞く者の神経に触るような嫌な感じの声をあげる。

遠巻きにして様子をうかがっていた村人たちは、竹やりを持って恐る恐るムカデに近寄っていく。目の前で息子を殺された父親が真っ先に、ムカデの赤黒い腹を竹やりで突き刺した。他の者も興奮して次々と鎌を振り下ろしたり、竹やりを突き出したりした。

大勢にかかられては、さすがのムカデもついに頭部が胴体から切り離されてしまう。

村人たちは、一斉に勝ちどきを上げて喜ぶと、スグリと黒影の元にかけ寄った。

スグリは、村人たちに叫ぶ。

「ムカデは生命力が強い。頭をそのままにしておいてはいけないよ。ちぎれた頭でも長いこと生きていることができる。死んでるようでも、さわると噛まれてとても痛いよ。

ムカデは何回でも噛むことができるんだ。頭はたたきつぶして、熱湯をかけるか焼却する必要がある。それにたまごも処分しないとたいへんなことになるよ」

村人たちは驚いて、ズアカムカデの頭部や、洞穴から出したたまごなどをおのや石などでたたきつぶした。たき火の火力を強くしてそれらを火にくべた。

スグリは、油断なく辺りを見回して言った。

「まだ安心はできない。ムカデは雌雄で行動していることが多いんだ。近くに雄がいるかもしれない。そいつも見つけ出して退治しておかなければいけないよ」

村長は、屈強な男衆に雄ムカデの探索を命じた。

山三つ離れた崖下のトチの木の根本に雄ムカデはいた。村人たちはついに雄ムカデの頭部もつぶして、これも焼却（しょうきゃく）処分にした。黒影はここでも大活躍したので、村人たちはたいへん喜んだ。

村長は、スグリと黒影に礼を述べた。

「どこのどなたかは分かりませんが、本当にだんだん（ありがとうございました）。わしらは、この山奥で何人もの仲間が行方不明になり困っちょったです。いつ頃からか、すみついちょったこの巨大なムカデが原因だったのでしょうな。

少し前に、けがをした若い旅人が村にやって来て、

『恐ろしい怪物がいる。巨大なムカデらしいもののけに追われて、やっと逃げてきた』

と言っちょったですが、じきに気を失ってしまったとです。

右肩にけがをしちょったので、できるだけの手当をしちょったですが、顔も体もなんもかんもパンパンにはれちょりまして。今時分、村に残った女たちが世話しちょるんですが、もう死んじょるかもしれませんの。

村の者が山から戻ってこんのは、多分若い旅人が教えてくれた巨大なムカデのもののせいだと思うて、こうしてみんなで退治しにやってきちょりました。

だが、本当に強いもののけで思いがけない大捕物（とりもの）になり、死人も出ましたのでもうあきらめて帰るしかないと思っちょったところでした。

こうして、二匹も退治していただいて、これからは皆、安心して山菜やきのこ、たきぎなん

かの山の幸を求めて出かけることができますじゃ。

この大きな黒犬の働きはたいしたものだった。黒犬や、人食いムカデを退治してくれてだんだん。おかげで山は元の様になった。皆が喜んじょる。本当にだんだん（ありがとうございました）」

村長の顔や手には血のにじんだ傷があった。ズアカムカデの毒のせいで紫色に腫（は）れあがっている。

黒影は赤い舌を出して村長の手の甲をザラッとなめた。すると不思議なことに村長のズキズキうずいていた痛みがスッと消える。村の男たちは、驚いて叫んだ。

「あらっ、村長の手の傷がなくなった」

「ひどい腫（は）れがひいてきたのう」

村長はミミズ腫れの顔をつん出すと、黒影はザラザラの舌でなめてやった。腫れと痛みがまたたく間に消えたので、村長は顔と手の甲を交互になでながら驚きの声を発した。

「奇跡じゃ。奇跡の黒犬じゃ」

スグリは、黒影を驚いて見た。

(幻の甘露水を腹いっぱい飲んだからに違いない。不思議な力を授かったようだ)

奇跡の犬の話を聞きつけて、ムカデに傷を負わされた者が次々とやって来た。重傷のけが人も黒影になめてもらい、皆回復し立って歩けるようになる。

「まずないことだ。まさに奇跡の犬だわ」

「いやぁ、すげぇ黒犬だ」

「そうだなや、何ともありがたい犬だわ」

男衆は皆口々に黒影をほめたたえた。そしてスグリにズアカムカデから助けてくれた上、けがまで治してもらった礼を述べる。

村長がスグリに頼んだ。

「どうでしょう。わしらが村に来て休んでいってくれませんかの。旅の若者もまだ生きちょったら助けてやりたいけん。

村には山に出た家族が戻らんことを心配して病気になった者も多く、この奇跡の黒犬に治してもらえたらどんなに嬉しいか。

ぜひ村に寄ってわしらを助けてくれませんかの」

そうしてやりたいがとスグリは迷う。一刻も早く幻の甘露水を宮殿へ届けたかったから。

「村長、隠岐(おき)の島の摩天崖(まてんがい)に住むツバキ姫様のおみ足が、ひょっとしたら治るかもしれん。一回、この黒犬様になめてもらった方がいいかもしれんな」

「おぉ、そげだわ。いいところに気がついたな。もし、おみ足を治していただいたら、わしらも空飛ぶ民族へ恩返しができることになるわな。

前の台風の被害が大きくて村が困っちょった時に、魚の干物や塩漬けをもらって、だい分助けていただいたけんな」

村長も深々とスグリに頭を下げる。

空飛ぶ民族とは、いったいどんな人たちなのだろう。摩天崖といえば、日読みの国で一番の高い崖で、海面より約八百六尺（二四一・八ｍ）も垂直に切り立っているはず。

そんな崖の上にいつから人が住み始めたものか。

スグリの心は決まった。

「摩天崖の辺りに変事が起きている」

と祖母が心配していた謎が解けるかもしれない。少し寄り道にはなるが、調べてみなければ。ドクササコの毒は、痛みはひどいが死ぬことはない。宮殿に戻った仲間には悪いが待ってもらうしかないとスグリは思った。


旅の若者は、村長の家の土間の上がり口にある囲炉裏の横に寝かせられていた。奥の座敷では目が届かないので、板敷きの間に置かれて厨で忙しく働く女たちに世話されていた。

ムカデの毒が全身に回ったとみえ、若者の体はパンパンに腫れていた。まぶたは大きなサトイモをのせたかのようで、唇はナマコみたいな厚さをしている。

黒影が若者の顔をペロンとなめると唇の腫れが引き、まぶたも縮んで元に戻る。

「薄荷だ。薄荷じゃないか。どうしてこんな所にいるんだよ」

スグリは驚いた。宮殿の祭宮で寝食を忘れるくらい真摯に修行に打ち込んだ結果が認められ、とうとう念願の神主になったばかりの若者であった。

薄荷のふくらんだ指の先を黒影がなめると、指ばかりでなく体の腫れも引いていく。顔にも血の気が戻ってきた。薄荷は目を開けるとぼんやりとスグリを見た。目の焦点がなかなか合わず、混濁した眠りからすぐには目覚めることができない様子である。

「スグリ様っ」

突然、薄荷は気がつく。危うく姫様と呼びかけるところだったのを反省して、薄荷は唇を噛む。

(身分を隠して旅をせよ)

と、スグリ姫に命じた天帝の言葉をかろうじて思い出したからだった。

「無理しちゃ駄目だよ、薄荷。それよりどうしたんだよ」

薄荷は言葉を選びながらゆっくり話し出す。

「旅から戻られた若様たちが腹痛を起こし、手足のひどい腫れと痛みに苦しみ出しました。ぼくはお一人で山奥に残られたというスグリ様のことが、心配でたまりませんでした。

若様たちと一緒に旅をし、同じ物を召し上がっているのだから何かしらの影響はあるはず。同様にお苦しみなのではないかと気になって仕方がありませんでした。

そしてある晩、夢を見たのです。山の中でスグリ様は弱々しく横たわっておいででした。

ぼくは胸騒ぎがしてならず、内緒で旅に出てしまいました。スグリ様を探し出してお救いしたい一心でした。

　ところが、山奥で突然巨大なムカデに出くわしてしまい。必死で逃げまどいどうなったものやら。気がついたら目の前にこうしてスグリ様がいらっしゃいました」

「薄荷、わたしのことを思ってくれるのは有り難いけど。いけないよ、自分が死ぬところだったじゃないか。でも、親切な村の人たちに助けてもらってよかった。

　ズアカムカデは皆で退治したから、もう心配ないよ」

「スグリ様、ご無事でよかった」

　薄荷は涙を流して微笑んだ。こけて細面にはなっているが、若者が意識を取り戻し元気になったので村人たちは喜んだ。

「薄荷、治ったばかりのところをすぐで悪いが、これをおじい様の元へ大至急届けておくれ。病人たちがきっと待っていると思うから」

　スグリは、黒影用の竹筒を差し出した。

「もしかすると、それは。とうとうお手に入れたのですね。スグリ様。何とすごい。承知いたしました。間違いなく届けます。戻ったら勝手に旅に出たことで叱られるでしょうが、そんなことはたいしたことではない。スグリ様のお役に立てて、ここまでやって来たかいがありました」

　薄荷は黒影のおかげで取り戻したさわやかな顔立ちに、晴れ晴れとした笑顔を見せた。

上背の高い薄荷は、細身の体に太い竹筒を提げると、スグリに透き通った帯のような天の羽衣をからめてもらいふわりと宙に浮いた。竹筒はずっしりと重かったが、天の羽衣を身にまとったとたんに重さは消えた。さすがは日読み国の誇る至宝だけあった。

スグリ用の竹筒は、何かあった時の用心のために残しておいた。

「スグリ様。どうかこの先十分にお気をつけになって、旅をお続けください。なるべく早くお戻りなされますように」

スグリは用事をすませてすぐ戻ると薄荷に約束する。薄荷は深々とスグリにお辞儀をし、くっきりと眉を上げると飛び立っていった。

様子を見守っていた村の者たちは、天の羽衣の奇跡に驚き、不思議そうに残されたスグリと黒影を見た。

このやせた少年は、いったいどういう素性の者なのだろう。また若者が運んでいった竹筒の中には、何が入っているのか。

それにしても、何とも有り難い不思議な一行だと手を合わせて拝む者も多かった。

その夜は、村長の家に泊めてもらい、スグリと黒影は体を休めることができた。

夕食には、趣向を凝らした目に鮮やかな笹の葉に巻かれたウナギのおこわが出される。笹の葉には防腐効果があるはずだと、スグリは村人たちの知恵に感心する。ウナギの蒲焼きの汁がもち米にしみて、それは美味しい。

村人たちは、ズアカムカデの犠牲となった何人もの葬儀の準備に忙しくしている。

翌朝、村長は申し訳なさそうに言った。

「空飛ぶ民族の住む隠岐の島まで、達者な若い者らに船を出させて送らせます。

どうか、ツバキ姫様のおみ足を治してくださるように頼みます。

ほんとなら、わしらが送ってやらないけんとこですが、村をあげての葬式の準備でどうしても手が離せんけ。どうか許してください。

それから、どこもかしこも、もののけはおるとこですわ。

隠岐の島の山奥には七尺（二一〇㎝）もあるツノの生えた人食いの鳴きウナギがごまんとおります。それを主食にしちょるというカマイタチもおりますけん、誰も山の幸をとりに行くことはできんと聞いちょります。くれぐれも危ない山道は行かぬように気をつけてくだされ」

スグリは、村長に気にしないように話し、これからツバキ姫に間違いなく会いに行き、できるだけのことはすると約束した。

十　人食いウナギとカマイタチ

波の穏やかな海だった。屈強な体つきの若者二人がこぐ漁労用の板張船に乗ったスグリと黒影は、日読みの国にある隠岐西ノ島海岸に向かった。大きな黒影が乗ってもびくともしないしっかりした造りの船を選んでくれたんだなとスグリは思う。今朝は船に打ち寄せる波も優しく静かであった。

遠くに見える垂直に切り立った摩天崖は異様な風景であった。荒れ狂う自然の猛威により、余程激しい波にもまれてできたのに違いなかった。霞がかかり幻想的な美しい絶壁であった。豪快な海岸美が広がり、次第に迫力のある多くの奇岩が近づいてくる。

海水の圧倒的な量に恐れをなした黒影の体を、スグリはずっとなでてやっていた。黒影は船の揺れに慣れない様子で、船酔いをしたらしく弱々しい様子でうずくまっていた。

先が真っ暗で気味の悪い洞窟が見えてくる。まるで生き物のようなぬめぬめした岩肌を、黒影は濡れた鼻をひくひくさせて見上げた。

「キューン、クゥクィーン」（まだ船から下りないの）

と、情けない様子で鳴き声をたてる。

「もう少しだよ、黒影（くろかげ）」

と、スグリは慰（なぐさ）めた。

若者らは慣れた手つきで楽々と船をこぎながら、はじめて隠岐の島を訪れたスグリのために、わざわざ五尺（一五〇㎝）程の水路を通り抜けたり、大規模にアーチ状にくり抜かれた奇岩の中をくぐってくれたりした。通天橋（つうてんきょう）と呼ばれるその岩は約十六尺（四・八m）を超える高さがあると若者は話す。余りにも圧巻（あっかん）な光景に息を飲んで見上げていたスグリは、たまに落石があると聞いてあわてて首をすくめた。

島前に着くと、スグリと黒影は若者らと別れた。

「山道はぜったい通るなと村長にだいぶ言われちょるけん。安全な海沿いの道を、空飛ぶ民族の住むところまでわしらが送りますけん。最後に断崖絶壁（だんがいぜっぺき）の長い階段もありますので」

と、若者らは言い張った。しかし、スグリは葬儀の準備に手が足りぬ様子であった村長の元へ、一刻も早く二人に戻ってもらいたかった。

潮風の凪（な）いだ海原を船が遠ざかるのをながめながら、スグリと黒影は西ノ島の草深い田舎道を歩いて行く。黒影は海の上とは違って、すっかり元気を取り戻したのでスグリは安心した。

入り江に沿って浅瀬（あさせ）が続き、海底まで見通せる程海水は澄（す）んでいる。所々にサザエやウニの他、アジ、タイなどの魚の姿が豊富に見られ、日読み国でも一番きれいな海岸かも知れないとスグリは思う。

杉の皮を割竹で押さえ、石の重しを置いた船小屋群が見えてくる。

「あら、きれいなかわいい子だわ。どこから来たと」

「それにしても、恐ろしい熊かと思ったら、でっかい犬じゃねえか。こんな用心棒がついちょれば、子ども一人でも安心だわ。坊やは、どこに行くとこだ」

と、口々に声をかけてくれた。粗末な屋根の下に住む漁師やその妻たちは、寄り添い助け合って生活しているせいであろうか、よそ者だからと邪険にする者は一人もいない。

「空飛ぶ民族に会いに行きたいんだ」

と、スグリは答える。

「そうかぁ。こんなかわいい子でも悩み事があるんだなあ。

わしらも困ったことがあると、占いウバ様に見てもらいに行くけんな。占いはよく当たるし、生きるのにためになるいい話も聞けるしな。それに、なにもお礼は受けとられない。逆に食べるものを分けてくださる程、優しいお人ばっかり住んじょるじゃ。

それにしても、ここからはだいぶん遠い。その様子では、咽喉がかわいちょるじゃろ。ここに冷たい水があるけん。まあ、飲んでいかっしゃい」

海女の姿をした漁師の妻は、昨夜、船で一本釣りして捕ったばかりのイカを干す手を休めて、水をくみスグリにすすめてくれる。

コクコクと咽喉を鳴らして、スグリは水を飲み干すとていねいに礼を言った。

黒影もたらいに冷たい水をくんでもらって、美味しそうに飲んでいる。

人なつっこそうな日に焼けた顔をした海女が、スグリの竹筒を見て言った。

「それは空じゃないがの。水をたくさんくんでいかっしゃい」

「ありがとう。でも、これにはツバキ姫様に届けに行く薬が入っているんだ」

と、スグリが答えると、漁師や海女たちは口々に言う。

「はぁ、それなら大事な旅なんだな」

「山の方に行ったらいけんぞ。人食いのツノの生えた七尺（二一〇㎝）より大きな鳴きウナギがおる沼があって、それを食いに恐ろしい妖怪が出ちょるけん」

「巨大なカマキリがカマイタチという妖怪になっちょっただわ。もし出会ったらたいへん。切られて手や足の傷がパカッと開くぞ。血が一つも出ちょらんし、痛くもないと言うけれど、治りにくくて死ぬ者もとても多いけん」

「悪いことは言わん。海沿いの浜を行く方がいい。摩天崖の上に住んじょる占いウバ様とツバキ姫様に会いに行くなら。山道よりだいぶ遠回りだけれど余程安全じゃ」

「引きとめた方がいいんじゃないかや」

「大丈夫だわな。海沿いの道ならなんかあっても、ぜったい空飛ぶ民族が助けてくれるわ」

「それもそうだ。だけど心配じゃ。山道を行かないように、わしが見ちょってやっけん」

「それがいいわ。迷って山に入ったらかわいそうだけんな」

海女の一人は、自分の首にかけていた白い手ぬぐいをはずして、スグリのさらさらしたおかっぱの髪の上にかぶせてはしを結わえてやる。スグリは手ぬぐいは持っていると遠慮したが、海女は魔除けだからと言ってきかない。海女たちは、正五角形の星の形がぬい取りしてある手ぬぐいや磯着、また岩盤に張りついた貝などをこそげとるノミに刻んである星形をスグリに見せながら言った。

　優秀な漁業術を持つ空飛ぶ民族は、形の中で最も美しい一対一・六一八という黄金比でできている正五角形には、不思議な力が込められていると信じていて、海に入る際の魔よけや厄除けのお守りにしている。だから、いつも危険と隣り合わせの自分たちも、それを真似て身につけているという。

「ありがとう。それではこの手ぬぐいをいただきます」

　スグリは、海女たちの親切が嬉しかった。

　人々は見慣れぬ子どもと黒犬の姿が小さくなるまで、ずっと見送ってくれた。姿が見えなくなると、それぞれ粗末な船小屋にもどって、海女たちはまたイカ干しの作業を続けるのだった。

　スグリと黒影は、石英質の砂がキュッキュッと鳴く浜辺を歩いて行った。砂に足をとられて思うように進めない。けん命に浜辺を歩くスグリと黒影には、景観が広がる海岸を楽しむ余裕などなかった。

太陽は容赦(ようしゃ)なく照りつけ、その照り返しで浜辺は暑かった。

スグリは海女にもらった手ぬぐいが日よけになりありがたかった。自分の手ぬぐいは黒影の背中をおおってやった。厚い毛皮を着ている黒影は、長く赤い舌をたらしながら息づかいも苦しげだった。犬は足の肉球にしか汗をかくことができないから、暑さには弱いのだ。

せめてもの救いは、吹き寄せる海風だけだった。

スグリは、額(ひたい)から汗をしたたらせ、手ぬぐいも小袖(こそで)もびしょびしょになっている。

耐え難(がた)い日差しをさけるために、スグリは向きを変えた。山道は行くなとあれ程皆に注意されていたのに、暑さを苦手とする黒影を助けたかった。早足ぞうりをはいていけば、ただでさえ足の速いスグリは誰にもつかまらない自信がある。

けもの道のように草におおわれた山道を、スグリと黒影は飛ぶように進んで行く。木陰は快適(かいてき)で、黒犬は見違える程生き生きしてくる。スグリは、やはりこちらの道にしてよかったと思った。

もののけが余程こわいのであろう。よくよく人が通らない様子で、山道は途切れ途切れに続いてかすかになり、やがて消えてしまった。

「困ったな。道が分からなくなった。摩天崖(まてんがい)はいったいどっちの方向だろう」

スグリは目を閉じて静かに念じる。そうすると、自ずと進むべき方角は見当がついた。

しかし、何かいやな気持ちがする。今すぐにでも逃げ出したいくらい気分が悪いが、引き返すのは無念である。ここまで来たら、どうしても摩天崖の上に行くつもりだった。

スグリは気が進まなかったが、そのまま早足で進んで行くと、神秘的なひすい色の水をたたえた沼に出た。

「ここかもしれないね、黒影。人食いのツノの生えた七尺（二一〇㎝）を超す鳴きウナギがいるというのは。いいかい、沼の近くによってはだめだよ」

沼の水で咽喉（のど）をうるおそうとした黒犬は、ツバを飲み込んでがまんをした。

スグリは、静かに沼の水面に目をこらした。すると、緑色の透明な水の底からゆらゆらと巨大なウナギが浮かび上がってきた。茶褐色のお盆のような頭部には短いツノが二本生えている。クワッと開いた口には鋭い牙も見えた。スグリが思わずのけぞって逃げると、次々にいくつもの巨大ウナギが沼底から姿を見せる。

人食いウナギは、ツノで人間やけものの体温を感じとる。えさがいると察した奇怪なウナギは、水面から顔を出して、

「ギィー、ギィー、ギィー」

と、鳴き声をあげた。巨体をくねらして水中にもぐったり浮かびあがったりしている。

ウナギは一体何匹いるのだろう。余りに数が多くてスグリは全身に鳥肌がたつ。

一刻も早く沼を離れようと思った時、黒影が恐ろしい声を出してうなった。背後に只（ただ）ならぬ

気配が迫ってくる。恐怖にすくんでいるわけにはいかない。スグリは持てる力のすべてを出して、後ろを振り返った。

妖怪カマイタチのカマが、ヒュンとスグリの胸元をかすめた。首にかけていたひもが切れて、幻の甘露水（かんろすい）が入った竹筒が地面にすべり落ちる。肌につけた切子玉は無事であった。

巨大なカマイタチの飛び出た緑色の複眼が、死神の使いのようにスグリをねらっている。

竹筒を拾っているひまなどない。生命が危ない。

身体が硬直したのは一瞬で、目にも留まらぬ早業でスグリは逃げ出す。早足ぞうりをものすごい速さで動かして。

巨体を楯（たて）にして、黒影はスグリとカマイタチの間に割って入った。

(自分が逃げてしまえば、黒影も無駄な戦いを止めるはず。黒影、後を追ってこい。カマイタチなんかに構わずに逃げるんだよ)

心の中で叫びながら、スグリは息を切らして走った。

黒影はヒュンヒュンと音を立てて飛んでくるカマを、左右に身をくねらして避（さ）けながら、逃げるスグリを守っていた。

スグリの気配が遠のくのを見計らったように、黒影は立ち止まってカマイタチの正面に向き直る。黒犬を切り刻もうとして、カマイタチは両方のカマを振り上げると、赤く裂けた口を開けて勢いよく突進する。

スグリの背後で、すさまじい黒影の吠え声とカマイタチの金属的な叫び声があがった。走りながら、スグリは思わず振り返ろうとしたが、その時、何と言うことだろう。山々の木々がいきなり途絶え、視界が開けたと思った瞬間、スグリは崖(がけ)から足を踏み外した。垂直に切り立った摩天崖(まてんがい)から、真逆さまに落ちて行く。

えさ場を荒らされて怒り狂ったカマイタチを、黒影が見事に引き裂いて勝利したのも、無念そうに複眼を光らせてカマイタチが絶命したのも、スグリは知らない。


黒影は、戦い倒したカマイタチをくわえて、摩天崖の上に立った。

紺碧(こんぺき)の空と海が溶け合った素晴らしい眺望。海面の少し上にちぎれた白い雲があるので、水平線であると見当がつくが、崖を見下ろすと何も視界を妨げるものはなく、はるか下には海しか見えない。

黒影はカマイタチの死がいを足元に置いて、悲しそうに遠吠えをあげた。しばらく鳴くと、またカマイタチをくわえ直して、深い山の中に消えていった。

十一　空飛ぶ民族

約八百六尺（二四一・八m）近い摩天崖からまっ逆さまに落ちながら、スグリは不思議な幻覚を見ていた。

横笛の名手だったお父様が笛を吹き、お母様とスグリは連れ舞をしている。お父様もお母様も、楽しそうな様子で目が笑っている。

スグリも嬉しくなって、腹の底から笑った。

（ウフフフフフ。ホホホホホホ。アッハッハッハ）

スグリの周りを、いつの間にか現れたオオミズアオやオナガミズアオなどの蝶の群れがとり囲んでいた。気を失ったスグリは美しい蝶の大群に守られて運ばれて行く。

降り立ったのは、湾のような形をした幅の狭い砂浜だった。

海上をすべるように走る『天の鳥船』が何艘も、アジやサバ、イワシなどの漁をしている。

そこは大陸棚が発達し、よい漁場となっていて水揚げが豊富だった。

やがて、日に焼けた精悍な顔付きをした漁師たちが砂浜に戻ってきた。素肌の上に青生地に白い渦巻き模様のはっぴを着て白地のももひき姿をしている。頭に巻いた手ぬぐいには星の形

のぬい取りが見られた。捕(と)ってきた魚を荷揚げしていた漁師たちは、砂浜に倒れている子どもを見つけて驚いた。色白の顔に微笑(ほほえ)みを浮かべた少年で、ほっそりした少女のようにも見える。小袖(こそで)がめくれて、むき出しになった細い二の腕がまぶしかった。

「おおっ、どうしたんだ、この子は。それにしても、きれいな子どもだなあ」

がっしりした体つきで、上唇がそり返った色黒の顔をしているために、仲間からオキアンコウと呼ばれている漁師がつぶやく。この漁師たちは皆、容姿や雰囲気の似ている海の生き物の名前が付けられていた。

「行き倒れらしいな、かわいそうに」

そばかすだらけの顔をしているヤリマンボウも首をかしげた。

「いつからここに倒れていたものかな。さっきの蝶の大群と何か関係があるのだろうか」

「おおい、おぬしは何か見なかったか」

腹の肉がこそげたようにやせている体をしたクサビフグがたずねた。

長細い鋭い顔付きのクラカケギスが答えた。

「いいや、何も気づかなかったがな。まったく不思議なことだ」

「まさか、この岸壁から落ちてきたなんてことはないだろうな」

小さい目がたれているナメタも言う。

「この高さだ、それはないよ。身体はこっぱみじんになるだろうよ」

「それはそうだ」

砂色の平たい顔をしたシオフキや、体がたいへん柔らかく変わり者として有名なシャチブリらが、スグリの周りに群がり不審がる。

一際上背の高い立派な顔立ちをした漁師が、水揚げの仕事が中断しているのは何事だろうと様子を見にきた。事情を把握すると一同に言い渡す。

「ここではどうしようもないな。とりあえずこの少年は、魚と一緒に摩天崖の上に引き上げよう。そうすれば、占いウバ様たちが手当をしてくれるだろう」

「分かりました、サザナミヤッコ船長。女衆に任せれば安心です」

スグリは、気絶していて幸いだった。

オキアンコウとクサビフグは、手近にあった大きな竹かごの中に、荒々しくスグリを放り込んだ。中にはあいにくアジやサバを追ってあらわれたばかりに、勇ましい漁師たちに捕らえられ、頭を打ち割られた数匹のサメが積み込まれていた。

ナメタが白い旗を打ち振ると、それを合図に岸壁の上から浜辺まで渡された太い綱がピンと張られた。綱につるされた竹かごには星型の模様が編み込まれている。

岸壁の上の仲間と、岸下の男たちが力を合わせて滑車を回すと、竹かごは約四尺（一二〇cm）もあるサメの死体の上にスグリを乗せて、ギシギシときしみながらゆっくり摩天崖を上って行った。綱を伝って海水のしずくが、男衆の手元まで光りながらしたたり落ちてくる。

入れ代わりに、空の竹かごが崖下に下りてきた。

かごが岸壁の中程まで上った時に、運の悪いことにスグリは正気にもどって目を開けた。サメの顔がスグリの目の前に迫り、幾重にも重なった鋭い歯がむき出しになって、赤い血をしたたらせている。スグリはギョッとして身じろぎした。すると指先にザラッとした感覚。サメ肌に違いなかった。スグリが体をひるがえそうとした時、全身を強烈な衝げきがつらぬく。スグリはその痛みに耐えきれずに、再び気絶してしまった。


摩天崖の上にわずかに開けた平らな場所があった。周りはこんもりと茂った森に囲まれており、奥には人目を忍ぶように大社造りの屋敷が隠されている。

そこで働いている男衆は、崖下の仲間と同じ扮装をしていた。

「おおっ、何じゃあこりゃあ」

滑車を回していた背中の丸いごっつい顔つきのカイカムリが大声をあげた。

「この可愛らしい少年は誰なんだよ」

髪をとげのように突っ立てたメバルは、竹かごを持ち上げる綱を引っ張っていた手を休めて、気を失っているスグリをまじまじと見つめる。

「ひでぇ。シビレエイの腹の上にのっているじゃないか」

口元を細く尖んがらした風変わりな細い体をしたアカヤガラとアオヤガラの双子は、あきれた。

「たいへんだ。胸びれの下の皮膚の下に大きな発電機があるんだぜ。シビレエイの電気にやられて死んだんじゃないのか。恐ろしいことだ」

「ウバ様、占いウバ様、たいへんですっ」

双子の漁師が、屋敷の中にかけ込み異変を知らせると、

「何じゃ、騒々しい。いったい何事じゃ」

柔らかい着物を身にまとったふっくらした女性が、侍女を伴い奥から姿を現した。若い頃はさぞや美しく人目を引いただろうと思われる、気高い感じのする女性だった。

建物の外に女衆が出てくると、精悍な顔つきの男衆はうわさした。

「ウバ様はいつ見ても美しいな。よい目の保養になる」

「まったくだ。うっとりするな」

「ウバ様がいるから、こんな辺ぴな土地でも生きていこうという気持ちになる」

「ほっほっほっ。わたくしにお世辞を言っても何も出ませぬぞ。それよりも、この子どもはどうしたのじゃ。かわいそうに、早く手当てをして差し上げねばならぬの。

さてどうしたものかの、急いで占ってみようぞ」

赤と白のしま模様のかんざしをたくさん髪にさした侍女のカサゴが、金銀を埋め込んだ黒いうるしぬりの丸盆を差し出した。天球に見立てたお盆には、星々が美しく象眼されている。う

ら若い侍女のサンゴが、白いうず巻き模様が左右対称に描かれた青い小箱を持参した。

占いウバ様は小箱の中から七枚の札を選び出すと、お盆の星々の上に縦に五枚並べ、真ん中の札の両わきに残りの二枚を置いて十字の形にした。

「さあ、何と出たかのぅ」

占いウバ様は七枚の札を裏返すと、そこに書いてある文字を読み上げた。

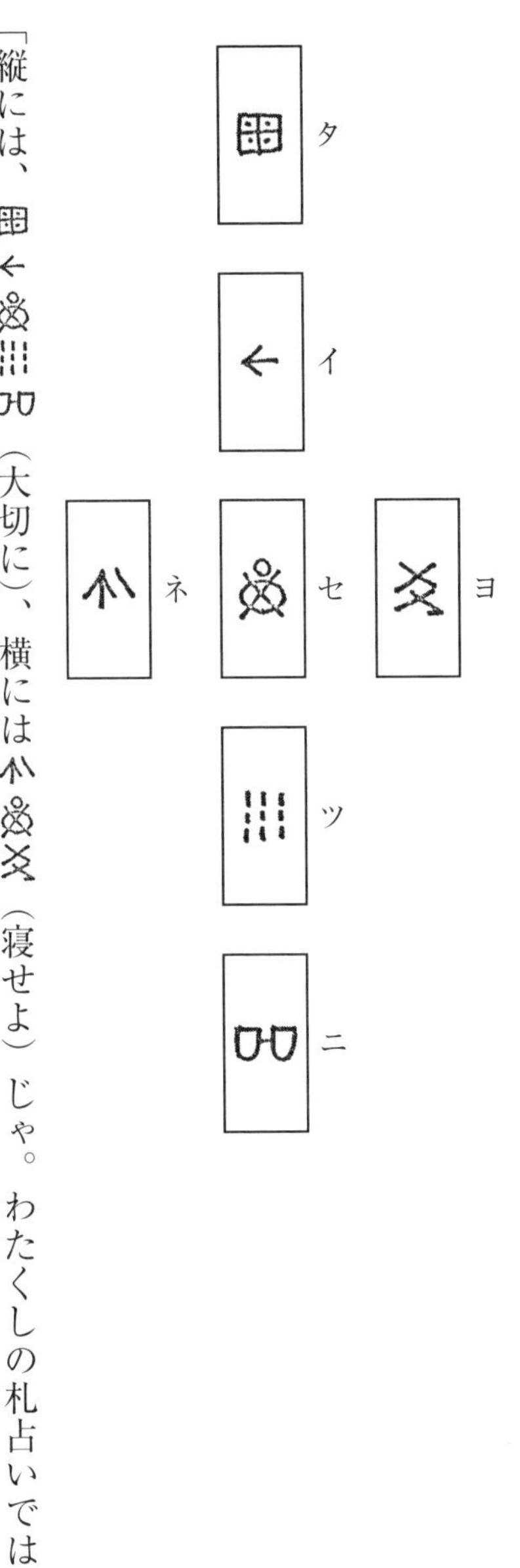

「縦には、（大切に）、横には（寝せよ）じゃ。わたくしの札占いでは大切に寝せておくだけで良いと出ている。この子のために奥座敷に布団をのべよ」
「そんなウバ様。こんな見ず知らずの旅人を屋敷の中に入れるなんぞ。いくら子どもでも何かあったらどうしますのじゃ」

猫背のカイカムリは、驚いて叫んだ。

占いウバ様は毅然として言った。

「構わぬ。札占いに大切にと出た以上、わたくしにはこのお方を粗末にはできぬ。これ、皆してこの少年を奥まで運んでおくれ。そうすれば、よく目も届き大切に世話もできよう。

それにしても、ドチザメやシビレエイと子どもを一緒にして運ぶなんて、何てあきれた者たちであろう。もし、アカエイだったら、尾にある鋭い毒針に刺され生命が危ういではないか。

サザナミヤッコ船長がついていながら、まったく仕方のない人たちじゃ」

アカヤガラとアオヤガラの双子はスグリの両手と両足をつかむとかごから出し、まるでサメでもぶら下げるようにして建物の中に運んでいった。

出目気味のメバルが心配そうに後に続いた。日に焼けて筋肉質の引き締まった体格をした男衆に、軽々と運ばれて行くスグリの体は、いかにもやせてか細かった。


夜中に、スグリは人食いウナギが水底から浮かび上がってくる様を夢に見た。カマイタチの不気味な複眼も迫ってくる。スグリは身震いをして目が覚めた。

そういえば、黒影はどうなったのだろう。カマイタチに、体を裂かれていなければいいが。

深い山の中を無茶苦茶に走って逃げた結果、自分はおそらく摩天崖から足を踏み外したに違いない。落ちた瞬間の記憶がよみがえる。

気がつくと、飾り気はないが四方の柱は太く立派な部屋の中にいて、柔らかい絹の布団にくるまって横になっていた。部屋の隅に行灯（あんどん）がともっている。スグリはいつの間にか土ぼこりのついた小袖は脱がされ、しっとりと体にまつわる夜着（やぎ）を着せられていた。

手足には包帯が巻かれており、みみず腫（ば）れを起こしている引っかき傷も見えるが、薬をぬられたあとがあった。

スグリは、不思議に思った。

「ここはいったいどこなの。誰がわたしを助けてくれたの」

それにしても、血だらけのサメの歯がすぐ目の前に迫ってきたのはなぜ。その後、背中にものすごい痛みが走った。それがシビレエイの電気にやられたせいなどとは、スグリには見当もつかない。

考えることに疲れたスグリは、再び深い眠りに引き込まれていった。

十二　ツバキ姫

遠くからわめき声が聞こえてきた。ずっと泣き声が続いていたが夢ではない。誰かがひどく泣いている。この声で目が覚めたのかと、スグリは思った。

布団から身体を起こして、スグリは柔らかい行灯(あんどん)の明かりで周りを見た。

後方と右方が白い漆喰(しっくい)の壁に囲まれ、左方はふすま、前方は障子戸(しょうじど)になっていた。

障子戸を開けると、暗闇(くらやみ)の中に一間幅(いっけん)のたたみ廊下が長々と続いている。廊下をはさんでいくつもの部屋があり、遠い先に灯りが漏(も)れていた。その辺りから泣き声が聞こえてくる。

(こんな夜中に誰が泣いているのだろう)

スグリが近づいていくにつれ、泣き声が次第に大きくなる。

灯りの漏(も)れている部屋の障子戸の隙間から、スグリは中をのぞいた。白い渦巻き模様が描いてある四枚の赤いケヤキの帯戸(おびど)を背景に、蒼(あお)いねまきを着たおかっぱ頭の少女が布団の上で泣いていた。

「占いウバ様もサンゴも大嫌い。

夜は長くてつらいの。たいくつでたいくつで死にそうになる。

ずっと昼間だけだといいのに、何でつまらない夜なんかあるの。

本を読むのにもあきてしまった。本はためになるというけど嘘よ。読んで何になるというの。役に立つことなんて一生ないに決まってる。

ねえ、占いウバ様、何かして遊んでよ。遊んでってば。

でも、わたしを占うのだけは無駄になるから止めてね。だって、わたしは早死にするに違いないもの。生きていたって何も面白いことなんてない。死んだ方がよっぽど面白そうな気がするわ。

サンゴ、おまえは侍女なんだから、わたしが楽しめるようなことを考えなくちゃいけないわ。さあ、早く歌って、歌って。

踊って見せてよ。ほら、早くっ」

いらいらした声で二人の女性をなじっている少女は、スグリより二、三歳年下に見えた。

「ツバキ姫様、また眠れなくなってしまわれたのですね。このお駄々さえなければ、本当に可愛らしい姫ですのに。

それではお手玉をいたしましょうか」

占いウバ様は、細かい編み目の小ぶりの竹かごの中から、金、銀、紅、水色の四色のお手玉を取り出した。器用に回しはじめると、お手玉はキラキラ輝いて空中を舞い、ウバ様の白い羽二重の夜着に映えてそれはそれは美しい。

同じ夜着姿のサンゴは眠そうな声を出して、何とも不思議なお手玉歌を歌う。

「東のお空に何光る。金色の星光る。ピカリン、チカリン
西のお空に何光る。銀色の星光る。ピカリン、チカリン
南のお空に何光る。赤色の星光る。ピカリン、チカリン
北のお空に何光る。青色の星光る。ピカリン、チカリン」

ツバキ姫は、目鼻立ちの整った美少女だった。肩まで伸びた黒髪がサラサラと白い頬(ほお)にかかっている。イチゴのような赤い唇が、侍女の歌に合わせてかすかに動いた。くるくる宙を舞うお手玉を、少女は涙でうるんだ目をしてじっと見つめている。

その悲し気な表情に、スグリは胸をつかれた。

お手玉が乱れ、ツバキ姫の膝(ひざ)の上にパラパラと落ちる。

「姫様、わたくしはもう疲れました。夜も遅くてこれ以上体力が持ちませせぬ」

ウバ様は弱々しい声を出してそう言った。侍女も、ツバキ姫の布団の上へ身を屈めて、睡魔(すいま)に襲(おそ)われている。

「お手玉を止めちゃいや。止めちゃいやよ。

サンゴ、寝ちゃ駄目。寝ないで歌って。

わたしが眠れないのだから起きていて。サンゴ、これは命令だよ。いっしょに遊んでよ」

ツバキ姫は、侍女の肩を揺（ゆ）すった。

しかし、サンゴは猛烈な眠気に襲（おそ）われていて、まぶたがくっついて開けられないでいる。

「寝るなっ、サンゴっ」

細い体を震（ふる）わせてかんしゃくを起こしたツバキ姫は、侍女の髪の毛を両手でわしづかみにすると思い切り引っ張った。サンゴは悲鳴をあげて飛び上がった。黒髪に挿（さ）した赤い玉のかんざしが床に落ちる。

「キャー、痛い。ああ、姫様、ひどい。ひどすぎます」

サンゴは頭を押さえながら、弱々しく抗議した。

ツバキ姫の指の間には、抜き取られたサンゴの髪の毛が幾筋もつかまれている。

「何とむごい有様でしょう」

占いウバ様は低い声でうめいた。サンゴのかんざしを拾い上げると、ツバキ姫にキッと強い視線を送り、威厳（いげん）のある声で叱りつける。

「姫様、もうあなたのわがままとおいたにはうんざりです。わたくしたちはもうへとへとで、これ以上はとても付き合い切れませぬ。

わたくしどもは、今から休ませていただきまする。姫様は、たった今サンゴになさったひどい仕打ちを、一人でよく反省なさいませ。髪の毛をむしるなんて、本当に何ということでしょう。わたくしたちの我慢にも限度がありまする。

さあ、いきましょう、サンゴ。姫様、お休み遊ばせ」

「ああ、ごめんなさい。行かないで、ツバキを一人にしないで。

夜は暗くてこわい。夜は長すぎてつらいの。わがままをしないからここにいて。

何もしないでいい。いてくれるだけでいいの。お願い」

ツバキ姫は、取り乱して懇願する。

しかし、ウバ様たちはケヤキの帯戸を開けると、奥の部屋へ引き上げて行く。

ツバキ姫をお守りしていると、そのわがままやおいたには切りがなかった。心を鬼にして休んでおかないと、体調をこわしてしまいそうである。若いサンゴもこんなことばかり続いていたら、病気になるに違いないとウバ様は思った。

二人の姿が消えた方に向かって、ツバキ姫は枕を投げつけた。ケヤキの赤い帯戸には届かず、枕は畳の上にむなしく転がる。

「ウバ様の馬鹿。サンゴの馬鹿。

ああ、お願いだからここにいてよ」

ツバキ姫は、獣のような唸り声をあげたが、誰も戻ってくる気配はない。

姫は枕もとの板壁を必死にこぶしでたたいた。がんじょうな壁はびくともせず、小さいこぶしの音が夜のしじまに空しく響く。

姫の黒いおかっぱ頭が、がっくりとたれた。

「馬鹿なのはツバキ。悪いのはこのツバキ。

ああ、この役立たずの足が悪いんだ。

歩くこともできないこんな足なんか、切ってしまいたい」

ツバキ姫は手刀で自分の両脚を強くたたいた。何回も、何回も自分の太ももを痛めつけると、姫は寝床にあお向けに倒れ込んだ。荒い息をする度に、蒼いねまきの胸が上下する。

姫の顔がくしゃくしゃにゆがむと、目尻から涙がひと筋耳の方に伝った。無防備に顔をさらして泣いている少女の悲しみに、スグリは胸が痛くなった。なぐさめてあげたかった。少しでも気持ちが晴れるように、自分がお相手をしてさしあげようとスグリは決心した。

障子戸を開けて、スグリは部屋の中に入っていく。

格子天井をあおいで泣いているツバキ姫は、まったく気づかない。

スグリは、近づいていって優しく声をかけた。

「こんばんは、ツバキ姫様」

ツバキ姫はドキッとした顔をした。あお向けに寝転んだまま、涙でいっぱいの大きな瞳に恐怖の色を浮かべる。

「そなたは、いったい誰。幽霊というものなの。それとも、ツバキを殺しにやってくるかもしれないという追っ手の者が、ついに来たっていうの」

　スグリは、姫を安心させるように微笑んだ。

「わたしはスグリ。幽霊でも、あなたを殺しに来た追っ手の者でもないよ」

「スグリ。それじゃいったい、そなたは何をしに来たの」

　ツバキ姫は、布団の上に上半身を起こした。幽霊でも、追っ手の者でもないならばこわくはない。この屋敷には子どもはいなかった。占いウバ様を訪ねてくる村人たちも、摩天崖を越えてまで子どもを連れて来ることはできなかったから、ツバキ姫ははじめて自分と同じ子どもの姿を見たのだった。

　たいくつで死にそうだったのも、ウバ様に叱られて惨めな気持ちになっていたのも、ツバキ姫はすっかり忘れて目を輝かせた。

「わたしは黒影という犬と一緒に旅をしていたんだ。山の中の人食いウナギのすむ沼のところで、カマイタチに襲われてしまった。無我夢中で逃げるうちに、断崖から足をすべらしたような記憶があるのだけれど……、よく覚えていない。

　気がつくと、このお屋敷の中にいたんだよ」

　スグリは話しながら、黒影のことが心配になった。しかし、黒影は幻の甘露水を飲み不思議な治癒力も授かっている。旅立つ際の祖母の言葉を思い出し、

（大丈夫、無事でいる。きっと再会できる）

と、スグリは自分に言い聞かせた。

「カマイタチってどんなもののけなの。人食いウナギなんて本当にいるの。それから、黒影ってどんな犬なの。その犬はどうなったの。犬と一緒に旅をするなんて面白そう。スグリって、まったく信じられない生活をしているのね」

スグリを質問責めにするツバキ姫は、とても可愛らしかった。真剣な目をしてたずねる姫に、スグリは旅で見かけた大自然やもののけの様子を話した。

サンコウ鳥、ミドリシジミ、スミナガシのサナギ、ツチノコと八の字まむし、人取り石や魔風(まふう)のこと、竜が淵に住む美しい姫君のことなどを、スグリは一生懸命語った。

恥ずかしがり屋の風狸(ふうり)のことも、もしスグリが気づいていたなら、きっとツバキ姫に喜んで教えたことだろう。

毒キノコにあたって仲間が狂騒状態に陥(おちい)った話に、ツバキ姫は吹き出した。笑いすぎてこぼれた涙を小袖(こそで)でぬぐいながら姫はつぶやいた。

「アッハッハッハ。皆にぜひ会ってみたいな」

この屋敷に住む不思議な人々の正体がはっきりしないうちは、スグリはめったなことを話すつもりはなかった。スグリの身分を知れば、天帝と后(きさき)である祖父母に迷惑をかけようとする者たちがいるかもしれない。旅の間中は身分を隠し、普通の子どもとして振る舞っていた方が、人々のふだんの生活ぶりがうかがえるというものだった。

白神山地の薬師(くすし)の仙人やミツバチじいさんのことなども、スグリは心をこめて話した。

ツバキ姫は、とても感銘(かんめい)を受けた様子だった。

スグリが話し続けているうちにいつの間にか夜が明けてきたので、二人の子どもは驚いた。

一晩がたいへん短い時間に感じられた。

大きなため息と共に、ツバキ姫はしみじみと言った。

「知らなかった。屋敷の外には、そんなに面白い世界が満ちあふれているのね。この世の中って、まったく安全でたいくつなところとばかり思っていた。それはきっと、この屋敷に住む皆が、危ない目にツバキをあわせまいと守っていてくれたおかげなのね。

でも、ツバキは外に出てみたい。スグリの見てきた美しくて不思議な自然の様子や、危険に満ちた神秘的なもののけでさえも、この目で見てみたい。

何よりも薬師の仙人やミツバチじいさんのような生き方をしたいな。

今までツバキは、何もしないで人に助けてもらうばかりだった。これではいけない。これからは人の役に立つような、皆を助けていけるようなそんな生き方をしていきたい。

スグリ、ありがとう。そなたの話はとてもためになった。

ツバキは将来どう生きるべきか、大切なことを教わった」

三歳しか年上でないスグリの話を聞いて、ツバキ姫は、自分が余りにも世間知らずに過ごしてきたことをさとったのであった。

スグリが見てきた広い世界を知りたい、経験したいとツバキ姫は強く願った。

それには、人を頼っていては望みなど叶わない。ツバキ姫には、深く心に期するものがあった。

十三　心を開いて

スグリと出会って、劇的にツバキ姫が変わったことがすぐ明らかになった。

朝になり起き出してきた侍女（じじょ）のサンゴが先ず驚いた。寝不足で生あくびをしかけた口が、あんぐりと開いたままになる。

昨日、気を失ったまま運ばれてきた少年が姫様の部屋にいるではないか。しかも徹夜（てつや）で一晩中話し合っていたという。

「いったいあなたは誰。なぜここにいるの。すぐもといた部屋にお帰んなさい」

サンゴが命じると、ツバキ姫は反対した。

「駄目だよ。スグリ、行かないで。ツバキはスグリの話をもっともっと聞きたいのだから」

サンゴは占いウバ様に後は任せようと考え、いつもしていたように、やせてはいるが近頃めっきり重くなってきたツバキ姫を抱き起こした。洗面をさせようとすると姫は、侍女の手を振り払って宣言するのだった。

「今日から、ツバキのことは甘やかさないでおくれ。自分のことは自分でする。今まで何から何まで皆にやってもらっていた甘えん坊はもういない。

新しいツバキは、誰に頼らずとも生きていけるようになりたいんだ。

屋敷の外にもどんどん出て、スグリのように旅ができるくらいの体力をつけたい。

いいかい、サンゴ。これからは手を出さないで見ていておくれ。

行く行くツバキは、薬師（くすし）の仙人やミツバチじいさんのように、人のために役立つ生き方をすると決めたのだから」

サンゴは目を丸くした。姫様はいったいこの少年からどんな影響を受けたというのだろう。

ツバキ姫は、昨晩の気だるい涙でうるんだ目の色とはまったく違った、しっかりした目つきをしていた。姫様のためにしていた朝の仕事が次々に拒否されて、サンゴは本当に面食らっていた。屋敷の中の長い廊下を、姫は両腕を使って黙々とはって行こうとする。

洗面のためになら、清らかな水を張ったたらいと清潔な顔ふき用の手ぬぐいを用意してあるというのに。

（これからのツバキは、何にでも興味を持つんだ。毎朝届く水の出所はどうなっているのだろう。この目で確かめなくては）

そんな一念で姫は、蒼い絹の着物を引きずって赤子のような姿ではっていく。次第に苦痛にゆがむ姫の顔には、玉のような汗が浮かんできた。侍女はそんな姫様は痛々しくて見ていられなかった。サンゴは手を差し伸ばして声をかける。

「さあ、もうお気がすんだでしょう。姫様、お部屋に戻りましょうね」

しかし、ツバキ姫は邪険に侍女の手を払いのける。

（いったい、あなたは何を姫様に吹き込まれたのですか）

というように、サンゴは恨めしそうな目をしてスグリを見た。それから、バタバタと廊下をかけ出していった。姫様の一大事であったから、行儀が悪いなどと言ってはいられない。

「たいへん。たいへんでございますぅ」

その声を聞きつけて、占いウバ様も急いでやってくると、ツバキ姫の有様に驚き、すぐにサザナミヤッコ船長に使いを出した。

「至急お出でいただきたい」

赤と白のしま模様のかんざしを何本もゆらしながら、侍女のカサゴは、ウバ様の書きつけを持って、大急ぎで屋敷の外に走って行った。

はかなげな風情の侍女のウミボタルは、気を利かせて和歌占いの道具を持参した。

占いウバ様は小箱のふたを開けると、目をつむり中を探って、青地に白い渦巻き模様の描かれた短冊を一枚選び出した。何やら毛筆で和歌がしたためられている。

『紅はここにきわまる椿花風雨に強く打たれし後に』

「何と。ツバキ姫様は今、風雨に打たれ始めたところというのか。打たれた後に美しく咲くというのでは、吉兆ではないか」

感極まった声を絞り出すようにして、ウバ様はそう宣言した。

急いでかけつけたサザナミヤッコ船長は、占いの結果を聞いて思わず顔をほころばせた。

ツバキ姫は言った。

「ウバ様、ツバキにも占い札を引かせて。自分の運命は自分の力で確かめてみたい」

ウバ様がうなずいたので、ウミホタルが姫に小箱を差し出した。

ツバキ姫はまぶたを閉じると、細い白い指の先で箱の中をまさぐり一枚の短冊を取り出した。

騒ぎを聞きつけて集まってきた屋敷の者たちも皆、首を伸ばして何て書いてあるのか見ようとした。占いウバ様が声を張って詠むのを、皆は真剣に耳を澄まして聞いた。

『古への大湖に潜む若き竜いつしか天に昇らんとする』

大歓声があがった。

「何と。もう一度、もう一度詠んで聞かしてくだされ」

サザナミヤッコ船長の目には、嬉し涙があふれる。船長は姫様の自立のきざしがあらわれるのを、今か今かと待っていた。夢にまで見たその日が、とうとう来たのか。

これからだ。姫様が秘めた力を発揮しさえすれば、このつらくきびしい流浪の生活が終わるかもしれない。姫様にはしっかりして欲しかった。たとえ体がお弱くても、精神的には強くたくましい子に育っていただきたいと、船長は長いこと願っていたのだった。

「スグリ様、本当にありがとうございました」

占いウバ様も、心からスグリに礼を述べた。旅の途中に、行き倒れになったという少年が出現したことで、こんなに姫様が変わるなんて信じられないくらい嬉しいでき事であった。

たくましく育てなければと思いながら、様々な事情があってつい皆で甘やかしてしまい、育児の軌道修正をしなければならないと、ウバ様は最近では思い悩む日々が多くなってきていた。

「スグリ様、お願いです。しばらくこの屋敷にいて姫様のお役に立っていただけませぬか。これからが、姫様にはおつらい時期となりましょう。勝手なことを申しますが、どうかこの時期だけでも励ましてやっていただきたいのです」

自分の出現が、姫に大きな影響を与えたことに責任を感じていたスグリは、ウバ様の申し出をこころよく承諾した。姫の成長を心から応援するつもりだった。

姫のがんばりには、皆驚いた。

たたみや板廊下を這（は）う姫の情けない様子に、女衆（おんなしゅう）は涙をこぼしたが、男衆（おとこしゅう）は喜ぶ者が多かった。常々、女衆が甘やかしすぎて、姫様のわがままやおいたが過ぎると思っていたからだった。百人からの家臣団の頂点が、駄々（だだ）っ子では先行きが不安でならなかった。

しかし、今まで侍女たちに何でもしてもらっていた当のツバキ姫は、誰にも頼らずに自立しようとすると実に不便だった。どこにでも這（は）っては行くが、高いところには手が届かない。低すぎる所へも下りていくことができない。どこにでも自由自在に行ってみたい。自らの力で欲しい物を手にとりたい。どうにかして、もっと速く動きたい。

そんな憧（あこが）れで心がいっぱいになった姫は、自分より速く歩けるスグリや侍女たちを、時々うらやましそうに見た。以前は、誰が歩いているのを見ても何も感じなかったのに。

ハラハラして見守っている侍女たちは、ツバキ姫の世話をやこうとする。

「うるさいな。何度言えば分かるの。ツバキに手を出さないで。来てと言うまで、あっちに行っててよ」

姫はいつも侍女たちを退（しりぞ）けた。

何でも自分でやり遂（と）げようとする姫は、少し意地になっているようにスグリには見えた。

ツバキ姫の腕と肩の筋肉が、パンパンに腫（は）れてこわばっていた。これまで余り使ってこなかった筋肉が、急に酷使（こくし）されて悲鳴をあげている。侍女に冷たい手ぬぐいを痛む箇所に当ててもらいながら、姫はスグリに話す。

「今まで退屈すぎて、寝ていたのが馬鹿みたいよ。何て面白いの。食事があんな風につくられてできてくるなんて、初めて分かった。それに、ツバキはお湯を張ったたらいの中で侍女たちに体を洗ってもらっていたけど、他の皆は、もっと深くて広い湯船につかっていたのね。驚いたわ。いよいよ、明日からは外に出るわ。屋敷の中は全部見てしまったから、今度は外を探検(たんけん)したい。ああ、待ち遠しくてたまらない。今晩は眠れそうにもないわ」

そう言ったにもかかわらず、ツバキ姫は布団に入るやいなやすぐにいびきをかき出したので、スグリはくすっと笑った。余程お疲れなのに違いない。

占いウバ様や侍女たちは、姫の寝つきがよくなり、しかも深く眠るようになったことで、たいへん喜んでいた。


数日、風雨が強い日が続いた。やっと太陽が顔を見せた早朝、この日を楽しみに待ちかねていた子どもたちは、ワクワクしながら屋敷の外に出た。

ツバキ姫に何かあったら一大事とばかり、占いウバ様も一緒についてきていた。

摩天崖(まてんがい)を飛び降りて漁に出かけようとしていた男衆の一団が、ツバキ姫の姿を見て喜び大歓声を上げた。

サザナミヤッコ船長が、声を張り上げて叫ぶ。

「ツバキ姫様のお出ましだぁ。いいか、皆、勇んで漁に出ようぞ。今日は大物のサメとりだから、張り切るのはいいが、くれぐれも気をつけて慎重にせよ。けがどころでは相すまなくなるゆえ、決して無茶はしてならぬぞ。今朝は風がかなり強い。海の方へ吹き飛ばされぬように気をつけて飛び降りるんだ。思い切り引き綱を絞って、絞り抜いて飛び降りろっ。下の浜辺に確実に着地するんじゃぞ。わしもすぐあとに続く。いいか、それでは行って参れっ」

「ヨーソロー、ヨーソロー」

「ヨーソローッ」

気合いの入った掛け声が続き、筋肉質の肉体をした男たちは、垂直に切り立つ断崖絶壁を、恐れもせずに飛び降りて行く。下からの上昇気流にのって、長四角の大きな白い厚布を風神のように頭上にふくらませながら。白い渦巻き模様の描かれた男衆の蒼地のはっぴが、はたはたと風にひるがえる。

メバルにナメタ、オキアンコウにシオフキも皆、笑顔を浮かべて豪快に空中に舞った。シャチフリも、アカヤガラとアオヤガラの双子も皆、まるで鳥の一族みたいに飛んでいた。

それは、実に壮観な有様だった。

スグリとツバキ姫は、驚いて見ていた。

「何と勇敢な人たちなのだろう。これが村長たちの言う空飛ぶ民族だ。確かに空飛ぶ民族としか言いようがない」

と、スグリは思った。山道を海岸まで漁をしに下るのは、時間もかかるし危険も多い。人食いウナギとカマイタチを思い出すと、スグリはぞっとして身震いした。空飛ぶ民族が一気に摩天崖を飛び降りるのは、一番手っ取り早い荒業だからだった。

恐れを知らぬ男衆たちは、沖の方で水鳥がすべるように速く自由に行き来できる天の鳥船を繰り、サメやエイを次々と捕まえた。天の鳥船が浜に戻ってくると、大きな竹かごに次々と放り込まれた魚が、滑車を使って摩天崖を上ってくる。

その様をながめながら、スグリは、なぜ自分に血だらけのサメが見えた記憶が残っているのか察しがついた。背中にすごい衝撃があったのは、おそらくエイの毒針にでも刺されたのであろうとスグリは思う。本当は、エイよりもっと強烈なシビレエイの発電機にさわったのが原因だったのだが。

ツバキ姫は、これまで何度か占いウバ様に抱かれて摩天崖の上に立ったことがあった。いつも穏やかな暖かい昼間だったので、見晴らしがよく心地よかった。

まさかこんな断崖絶壁を、厚手の白い布たった一枚を頼りに、男衆が髪を振り乱して飛び降りていたなんて気がつかなかった。のんきそうなヤリマンボーも、神経質なクサビフグも、ダルマみたいなカイカムリも、本当はこんなにも勇気があったなんて。

姫の目に涙が浮かぶ。こんな素晴らしい男衆の頂点に立つ自分が何もできないなんて。これじゃいけない。こんなんじゃどうしようもないじゃないか。

ツバキ姫は、不覚にも涙をこぼした。自立しようと思い立った日から数日が経ち、丁度疲れがたまってきたせいもあったのだろう。思わずこぼれた涙は止まらない。次々と流れ落ち、姫は、泣くまい、泣くまいとこらえていたが、ついに声がもれてしまう。

自分でも驚くくらい泣けてきた。これまでの駄々泣きではない。もっと魂の奥底からこみ上げてくるような違った泣き方に侍女たちは驚いた。

占いウバ様は姫に駆け寄りたい気持ちを抑えて、子ども同士に任せてみようと考えていた。

スグリは、目をうるませてもらい泣きをしながら姫の傍らにつきそっている。

摩天崖の上に仰向けに倒れて、四肢を投げ出して泣きじゃくるツバキ姫。

何と言っていいのか、スグリにはかける言葉がない。友だちだから泣いてほしくなかった。

でも、どうすればいいのだろう。

ツバキ姫は、自分に腹を立てていた。情けなくてたまらなかった。

(他人を助ける仕事がしたいだって。とんでもない高望みじゃないか。他人を助けてやるどころじゃない。皆、目もくらむような摩天崖から飛び降りて危険なサメなどをとり、わがままで甘えん坊のツバキの生活を支えてくれていたんだ。

助けてもらわなければ生きていけないのは自分の方だった。だけど、こんなのいやだ。こんなツバキじゃないはずだ。いったいどうしたらいいのだろう）

姫が泣き疲れて大きなため息をつき、静かになった時、スグリはつぶやいた。

「姫様は、急に何でも一人で取り組もうとしてがんばりすぎたんだよ。ここ数日、無茶苦茶な感じだったもの。これでは熱を出して、体をこわすのではないかと心配だった。

ほら、見てご覧よ。ウバ様も侍女たちも気をもんでいるじゃないか」

大地に寝転がったまま、ツバキ姫は首をかしげて屋敷の方を見た。木立に囲まれた堂々とした館の前に、いつでもかけつけますよというようにこちらを見ているサンゴとウミボタル、それから占いウバ様がいる。そして自分の傍らには、優しいスグリが笑顔を見せている。

「そうだね。皆に心配をかけてしまった。皆の役に立つようになりたいと願っていたのに、これじゃどうしようもない。まだまだだという気がする。

スグリの言う通り、ここのところむきになって無理してしまった」

ツバキ姫は素直に反省し、スグリの方へ手をのばした。スグリは微笑んで、姫の上半身を起き上がらせながら、ふと思いついて言った。

「ねえ、姫様。ここでわたしと踊ってみない。

こんな素晴らしい景色の中に立っていると、気のせいか音楽がわたしに語りかけてくるような気がする。

なぜか、神秘的なワクワクするこの感じ」
スグリは、柿葉おば様の言葉を思い出していた。

「幼い子どもの頃、わたくしは音楽の素晴らしさに目覚めた。
見ることもさわることもできない、
一度聞いても次の瞬間には消えてしまうだけの、最も神秘的な芸術。
音楽はわたくしたちの周りに、いつでもどこにでもあふれている。
朝、昼、夜の一日の流れにも、
春、夏、秋、冬という季節の変化でさえも、音楽そのもの。
音楽は、絶えずわたくしに語りかけてくる。
わたくしは、それを皆に伝えるだけ。
それこそがわたくしの役目、生きる意味なのだから」

地球の鼓動が轟くような摩天崖の頂上で、スグリは風に小袖をはためかせながら静かに踊り出した。大自然の声に耳をかたむけて踊っていると、まるで自然の一部としてとけ込んでいるかのように、白い蝶が現れてスグリの唇にふれて飛んでいった。
物心つかぬ内から、舞の名手とうたわれた母親から手ほどきを受けて育ってきたスグリだった。その舞は一分のすきもなく完璧なまでに美しい。幽玄（ゆうげん）な世界をかもし出すスグリの見事な舞に引き込まれて、皆言葉を失っていた。

ツバキ姫は、言葉もなく大きな目を見開いて見つめる。まるで天女が舞い降りてきて自分を誘っているような気がした。本当に舞いながらスグリは誘っていた。皆一緒に踊りましょうと。

ツバキ姫はためらい、尻込みして身振りで答える。

（ツバキは踊れない。だって、足がこんなに悪いのだもの、踊れるはずがない）

（いいや、踊りたいという気持ちがあれば誰でも踊れる。誰が踊ってもいいんだよ。わたしの心臓の音は姫様と同じ。姫様だって、自分の心臓の音を聞けば踊れるはずさ。ほうら、ねっ）

スグリの心の声が、ツバキ姫にひびく。

憧（あこが）れで胸がいっぱいになったツバキ姫は、思わずスグリの差し出す手をとった。

スグリと目が合うと、ツバキ姫は幸せな気持ちに満たされる。

亡き母親から教わっていた宮殿の祭宮に伝わる古くからの歌を、スグリは口ずさんだ。

「さあ、歌いましょう
心を開いて
何も恐れることはない

いつでも　どこでも
生きている
今、生きている
嬉しさを歌いましょう

さあ、踊りましょう
手と手をつないで
空と大地のはざ間で
あなたと　わたしが
生きている
今、生きている
喜びを踊りましょう」

スグリの歌は、ツバキ姫の心の奥深くまで届いた。

ツバキ姫には、スグリが生きているのが、生きて震えているのが見えた。

そして、自分も生きて震えている。生きている、ただそれだけのことで胸がいっぱいになって嬉しかった。

ツバキ姫は心を開いて、スグリを真似て踊った。舞いながら次第に、姫は無意識の世界に入り込んでいく。自分の小さな肉体を使って、こんなこともできる、あんなこともできると。踊ることで自分の可能性を探っていくと、そこには無限の可能性が広がっているではないか。まったくの新しい自分の発見であった。

二人につられて、いつの間にか踊りに加わっていた侍女や占いウバ様たちの舞は、それぞれの個性を表すように皆異なっていた。しかし、舞うことを心から楽しんでいることは皆同じであった。顔を上気させ生き生きと無心に舞ったことで、皆ほんのりと汗をかいた。

ついに、占いウバ様が口を開いた。

「ああ、本当に心地がよかった。子どもの頃に戻ったような気がした。姉妹で時々こうして、よく踊っていたものじゃ。何とも懐かしい。

音楽も舞もいいものじゃな。なくてはならない魂の食べ物じゃ。

ツバキ姫様も十分ご堪能なされたご様子。

さあ、風邪でも引くとたいへんじゃ。汗をふきに皆屋敷に戻りましょうぞ」

早朝から体を動かした皆は、素直にうなずいた。

スグリが背中を向けて負ぶってやる仕草をすると、ツバキ姫が自然にすがったので侍女たちは驚く。最近のツバキ姫は気難しくて、自立しようとする気持ちが強いせいか、侍女たちが手を出そうものなら、ものすごい剣幕で怒ることが多かったからだった。

占いウバ様が、微笑みながら言った。

「重くはないですか、スグリ様。侍女たちもおりますゆえ、いつでも代わりましょうぞ」

サンゴもウミホタルも、うなずいて微笑む。

「スグリがいい。スグリでなくちゃ嫌(いや)」

姫はきっぱりと宣言すると、スグリの背中に甘えた様子で頬(ほお)をつける。

姫を背負って、スグリがよろよろと立ち上がると、占いウバ様は言った。

「姫様は、スグリ様をすっかりお兄さまのように慕っておられますね。本当に相済みませぬ。スグリ様にはご苦労をお掛けいたしまする」

屋敷に戻る頃には、スグリは汗をいっぱいかいていた。侍女たちが姫のお尻を後ろから支えてくれていたので、大分助かったとスグリは思った。

その後も、姫はスグリを片時(かたとき)も離さない。

スグリと一緒の時には、いつでも冒険の話をねだり、特に黒影の話を聞きたがった。何度もスグリに話をさせて、その度にスグリは黒影(くろかげ)を思い出してつらかったのだが、最後にこうつぶやくのだった。

「ツバキも犬をかって見たいな。スグリの黒影みたいに強くて可愛い犬を」

十四　金のライオンとじゃがいもの盆踊り

外に出て疲れたせいか、午後に昼寝をしたツバキ姫の様子を見に行ったハナマルユキは、部屋の中に入っていって驚いた。何と姫の寝床を取り囲むようにして、巨大な金色のライオンが三頭も寝そべっていたのだった。

「あれぇ、これは、これは、何っ」

続いて入ってきたカサゴも驚いた。

「キャーッ、キャーッ、助けて」

侍女(じじょ)たちのけたたましい叫び声で、眠っていたツバキ姫が目を覚ました。

三頭のライオンはゆっくりと起きあがり、腰を抜かして怯(おび)えている二人に近づいて行こうとした。金色の雄々(おお)しいたてがみをもつ雄(おす)の二頭は、可愛らしい花模様のついた黒い小さな輿(こし)をひいている。

ツバキ姫は、にこっと笑顔を見せると、

「《右足》、それに《左足》よ。こっちにおいで」

と、呼びかけた。

二頭は、向きを変えてツバキ姫の元へ向かった。

「《使い手》お前も一緒に来るんだよ」

ツバキ姫は、雌ライオンにも声をかけた。

たてがみのないライオンは、侍女たちをおどすようにねめつけると、ふんと鼻を鳴らして尊大そうにツバキ姫のかたわらに戻った。

青い小袖姿のツバキ姫は寝床を這い輿の縁につかまると、ここ数日力を増した腕に力を込めて輿の中に全身を滑り込ませる。姫は一人で軽々と輿に乗ることができるのだった。

ツバキ姫は、さっそくスグリの部屋へ向かった。

ライオンたちの走り方はなめらかで音も立てないので、部屋に突っ伏して震えている侍女たちには、不思議な金色の光がかけ抜けて行くような、見えるはずのない風が美しい形となって過ぎていくような気がした。

「すごい。いったいどうしたんだい、それは。噛みついたりしないの。危なくはないの」

読んでいた巻物を取り落として、スグリは驚いた。占いウバ様から借りた占いに関する巻物は、たいそう興味深くてスグリは夢中になって読みふけっていたのだった。

騒ぎを聞いてかけつけてきた占いウバ様や女衆にも、姫はライオンを紹介した。

「この者たちは忠実な召使いのようなもの。ツバキの体の一部でもあるのよ。だから、大事な友だちや屋敷の皆に、危害など加えるはずがないから安心していいわ。

《右足》と《左足》は、ツバキをこの輿に乗せてどこにでも運んでくれる。そしてこの《使い手》は、ツバキの用をしてくれるのよ」

「姫様、これらの動物たちはどうなさったのですか。いったいどこからやって来たのでしょう。金色で、とても高貴な気がいたしますが」

占いウバ様は心底驚き、摩天崖の下で働くサザナミヤッコ船長に報告した。

ツバキ姫の一大事とあって男衆は即座に漁を止めた。傾いてきた大きな赤い西日を背景にして、皆厳しい表情を見せてわらわらと屋敷に戻ってきた。髪の毛が海水でぬれている者は、ひたいに手ぬぐいを巻きつけてしずくがたれないようにしている。

男衆や女衆が全員集合したので、土間のある広い板の間はいっぱいになった。

ツバキ姫は三頭の金色のライオンを従えて、分厚い座布団の上にちょこんと座っている。

サザナミヤッコ船長が、皆を代表して口を開いた。

「ツバキ姫様。この動物たちは、姫様がお連れになったのですか。いったいどのようになさったのですか。われわれ一同は不思議でなりませぬ。どうかお聞かせください」

ツバキ姫は、にこにこして語り出す。

「昼寝をした時に、迷子になった夢を見たのよ。どこかの広い海辺に独りぼっちでいたの。そこには、金色のライオンが並んでいた。数えたら全部で十頭あったわ。どれもそろって、何故か悲しそうに沖の方を見つめていた。夕陽に照らされてピカピカに輝いて、それはきれいだったから、ツバキは泣くのも忘れて見とれてしまったの。

　すると、どこからか金色の冠（かんむり）をかぶった男の人がやってきた。白い衣の長い袖（そで）やすそには、皆と同じ蒼い渦巻き模様が刺しゅうされていた。色は皆と反対だったわ。皆は白い渦巻きだもの」


　耳をすまして聞き入っていた一同は、言葉を失った。

（そのお方は、まさか）

と思いながら、予想が外れた場合の落胆（らくたん）がこわくて誰も口には出せなかった。


「その人は、ツバキの頰（ほお）の涙を優しく指でぬぐってくれた。そして、こう言ったの。

『そなたは誰じゃ。なぜ泣いておる。何か悲しいことでもあるのか。それとも、悩みがあるのなら話してみよ』

　何だかいつかどこかで会ったような、なつかしい感じのする人だった。

　その人も何か悲しいことがあるので、ああして浜辺を歩いていたのよ。悲しい者同士、お互いの気持ちが分かり合えたの。ツバキは自然に心の内をさらけ出して話していたわ。

『迷子になって困っているの。でもツバキの悩みはそんなことじゃない。人のために役に立つ生き方をしたいのだけど、どうしていいか分からない。ツバキは生まれつき足が立たない霊弱児（ひよるこ）だから、人から助けてもらうばかり。

　それがとっても口惜しくってつらい』

その人は、こう答えてくれたわ。

『いいや、そなたは既に十分役に立っておる。そなたは人から助けてもらうばかりと考えているようだが、それは違う。そなたの愛くるしい顔と姿は、皆の心を癒すゆえ、そなたの世話を生き甲斐にしておる者も多いはずじゃ。

そなたの存在自体が、既に皆の役に立っておる。人は皆、何かの役割をになって生まれてくる。誰であれ、その存在自体に意味がある。

そなたはまだ子どもなのに、おのれの生き方について深く考えるようになったとは見上げたものじゃな。何かほうびをやりたいが、そなたは今何が欲しい。何が望みじゃ。

願いがあれば遠慮せずともよい。言うてみよ』

わたしは、スグリの黒影を思いだして言ったの。

『犬みたいな動物を飼ってみたい。いつも側にいて、愛し愛されるそんな仲間が欲しい』

『よし、分かった。望みをかなえてやろう。生活の役に立ち、忠実にそなたを守る関係ならもっと良かろう』

と、その人は言うと、両手を高くあげて、空中に渦巻きを描いたの」

ツバキ姫は、夢で見たというお方の真似をして、両腕を高く上げて空中にくるくると渦を巻いた。

「あれっ、ジャガイモが、ジャガイモがっ」

突然、黄色い声が上がった。皆は驚き、一斉に声がした方を向くと、こえた体つきのハナマルユキが、丸まっこい指先で宙を指さしていた。そこには、ハナマルユキが先程外で洗ったジャガイモが、竹ざるに入ったまま浮かんでいた。板敷きの床から二尺（六〇㎝）程の宙に浮いて動かないジャガイモの山を見て、皆絶句した。

ツバキ姫は、言葉を続けた。

「すると金の像の一体が動き出して、台座から降りてきたの。その人は、ツバキをかかえてその背中に乗せてくれた。ツバキがまたがったら、着物のすそが割れて足が出てしまった。

その人は、

『これじゃいけないいな。風の強い日には寒かろう』

と言って、またこうやってうず巻きをつくったの。

そうしたら、金の像がもう二体、台座から降りてきたのよ」

「キャーッ、ジャガイモのざるがまた動いたっ」

ハナマルユキは赤ら顔を火照（ほて）らして、もっと高く宙に浮いた竹ざるを指さしていた。皆はまた驚き、真剣な顔つきをまたツバキ姫に戻して、一言も聞き漏（も）らすまいと耳を傾けた。

「その人は渦巻きの中からこの車つきの輿（こし）を出し、二頭のライオンがひいて走れるようにしてくれた。そして、こう言った。

『いいか、一、二、三年目の記念の像たちよ。このお方を愛し忠実に仕えるのじゃ。もしもの時にはそなたたちの命に代えても守れ。守り抜くのじゃぞ』

金色の像は、一斉に頭を下げてお辞儀をしたのよ。

（お言いつけは守ります）

と、約束しているみたいだったわ。一年目、二年目なんて、番号みたいでつまらないから、わたしは名前をつけることにした。

一年目と二年目には《右足》と《左足》、三年目には《使い手》と名づけたら、

『よい名前じゃ』

と、その人は褒めてくれた。それから、こうも言ったの。

『ツバキとやら、そなたはやがて大勢の者をひきいて指揮するようになるであろう。多数の部下たちの、運命や生命ですら左右する重い責務を負うことになるぞ。

誰にも相談できない、重要な決断を迫られる場合もある。孤独な時も多くなるぞ。

それはそれは、強い精神力と忍耐力が要求される。泣いているひまなぞない。

今日限り泣くのはお終いにすることじゃ。

足のことなど気にせず、心をこそきたえねばならぬ。

ツバキ、約束じゃぞ。またあえる日まで、決して泣かない強い子どもになっておれ』

ツバキは、もう決して泣かないと約束した。

それで、目が覚めたら目の前にいたのよ、三頭の金の像が。

夢なら消えるはずなのに不思議でしょ。

あの人は、いったい誰だったのかしら」

姫は、寝そべっている雌ライオンの頭をなでた。

《使い手》は、姫のか細いひざの上にあごを乗せ、すっかり心を許した様子でグルグルと喉(のど)を鳴らして甘え声を出した。

「大神官ユラギ様じゃ。姫様とお父上様が時空を超えて交信なされた」

サザナミヤッコ船長が、感極(かんきわ)まったような声を出した。

「ユラギ様じゃ」

「そうに違いない」

ヤリマンボウやクラカケギスも、喉(のど)からしぼり出したような声を発した。

占いウバ様は血相を変えて言った。

「あの宙に浮いたジャガイモは、どうしたというのだろうか。まさか、姫様の力なのでは。ユラギ様の真似をなされた時に、竹ざるが動いたような気がいたしたが」

サザナミヤッコ船長が、ナメタに命じた。

「ジャガイモのざるを持ってきてみよ」

ナメタは恐る恐る手をのばして、目の高さまで浮いている竹ざるをつかみとり、一同が息をのんで見つめる中、ツバキ姫の目の前に運んでいった。

サザナミヤッコ船長が、身を乗り出して言った。

「もしかすると、姫様は大神官ユラギ様のみ力を引き継がれたのかもしれぬ。この頃、めっきりたくましくおなりになったので、潜在していた力を発揮できるようになられたのであろう。

さあ、ツバキ姫様。このジャガイモを動かしてみてくだされ」

一同は、しんと静まりかえって見守った。

「大神官のユラギ様ってお父様なの。あの方がツバキのお父様だったというの。

お父様のみ力って、くるくると渦巻きをつくるあの不思議なやり方のことなの」

ツバキ姫が尋ねると、占いウバ様は深くうなずいた。

「分かった。やってみる」

ツバキ姫は両手を挙げて頭上に渦を巻くと、その人指し指をジャガイモに向けた。

ジャガイモは命を得たように、自ら次々と竹ざるから板の間に転げ落ちた。ジャガイモが、等間隔を保ちながら一列に並んでころころと転がるので、皆は仰天した。

姫が指を回すと、百個程のジャガイモはコマみたいに回りながら、三畳程の大きさの丸をつくった。ジャガイモは、横を向いたりお辞儀をしたり、一斉に飛び上がったりもした。

「ジャガイモの盆踊りだ」

「踊っているわ。命あるみたいに」

「姫様が、命を吹き込まれたんだ」

皆、驚いてささやき合った。女衆は、目をまん丸くして不思議な光景に見入っていた。男衆も、真剣な顔つきで食い入るようにその様子を見ている。

ジャガイモたちは、
小から大へと背の順に四列に勢ぞろいし、
交差して動き、三角形や四角形を作った。
それから風車の隊形を組むと、時計回りに行進し、
いり乱れて転がり、正五角形の星の形になった。

男衆の中から感極まったような声がもれた。オキアンコウが、そり返った上唇を震わせている。クサビフグは、節くれた指で顔をおおい、こらえ切れずに泣き出した。

あっちでもこっちでもすすり泣きが起きる。

「姫様が、まさかこんなみ力を発揮なさるとは夢にも思わなんだ」

「我々の悲願が、まさかかなえられることがあろうとは」

「おいたわしや。歩行不能の霊弱児様だったばっかりに、こんな所に流されて」

皆のむせび泣く声が部屋中に充満する。

ツバキ姫はむじゃきな様子で、ジャガイモたちに命令した。
「さあ、そろそろザルの中にお戻り」

するとジャガイモは、星の形から、
風車のように左巻きに行進して回り、
四角になり、三角となり、
隊形を崩（くず）すと交差して背の順に四列になった。
それからじゃがいもは、一斉に飛び上がって、
おじぎをして、横を向いて、
一重の丸になると、コマみたいに回りながらほどけて、
一列に並び、竹ザルに向かって転がって行くと、
ピョン、ピョンと一個ずつ飛び上がり、
次々にザルの中に戻っていった。
最後の一個が竹ザルの中に納まると、
ジャガイモはしんと静まり動かなくなった。

「何と素晴らしい」

「われらのツバキ姫様」

土間は割れんばかりの歓声や拍手でいっぱいになった。

「これでおみ足さえ何ともなければ」

と、歯を食いしばって口惜しがる者も何人もいた。

（なぜ足が悪いといけないのだろう。何か不都合があるのかな）

スグリは小首をかしげた。

占いウバ様が、ツバキ姫にすすめた。

「皆があれ程喜んでおりまする。姫様、今度は渦巻き（うずまき）から何かを出してごらんなされませ」

ツバキ姫はうなずくと、人差し指で胸の前に渦をつくり、その中からお手玉大の火の玉を取り出した。日が暮れた広間の中で、火の玉はゆらゆらと燃え、姫の白い顔を照らし出した。赤い唇を開いて、ツバキ姫は可愛らしい声で歌を唱えた。

「東のお空に何光る　金色の星光る　ピカリン、チカリン
西のお空に何光る　銀色の星光る　ピカリン、チカリン
南のお空に何光る　赤色の星光る　ピカリン、チカリン
北のお空に何光る　青色の星光る　ピカリン、チカリン」

姫は、自由自在に火の玉を飛ばした。

火の玉は割れて数を増やし、いくつかはお手玉の輪からはずれて、男衆を照らして戻った。また飛び散って、女衆の髪や小袖を突きぬけるいたずらをしたが、火の玉は熱くも何ともなかった。

皆、魅入られたように火の玉を見つめながら、なつかしそうにお手玉歌を口ずさんだ。何とも不思議な節回しの歌だった。

「皆の者、この火の玉が《宇宙の活力》じゃ。姫様は、《宇宙の活力》を自在に取り出せるようになったのじゃ」

占いウバ様が、感極まったように叫んだ。

姫が細い白い指で、渦巻きの中に火の玉を次々と戻してやると、一同は涙を流しながら叫んだ。

「万歳」

「我らがツバキ姫様、万歳」

サザナミヤッコ船長が立ち上がり、皆を見回して大きな声で宣言した。

「我らは皆、星の子ども。星が一生かけてつくった元素から生命が誕生し、我々が生まれた。我々は一人一人が、かけがえのない星のかけらなのじゃ。

なのに我々の故郷ではそのことを忘れ、無念なことに人心が荒れた。子が親を殺し、強いものが弱いものをさいなみ排除するという、浅ましい事態になったのは何故であろう。

第二夫人を取り巻く神官たちは、

『病弱で歩行不能な霊弱児様より、健康な弟君を跡取りにすべきである』

と主張しだした。その勢力が大きくなるにつれ、大神官のユラギ様とて逆らえぬ有様に成り果てた。

ついに霊弱児様の生命をも脅かすような事態に至り、ユラギ様は我々に霊弱児様を託されたのじゃ。その時、こう仰られた。

『霊弱児を頼むぞ。歩行不能であろうが、いずれこの子の才能が花開けば、戻り来てこの国の難儀を救うことができるであろう。

世の中はすべて星雲の渦巻きに端を発する。渦巻きの中にこそ、宇宙や万物、大自然の秘めたる力がひそんでいる。

その絶大な力を取り出すことができる者こそが、大神官となる資格を持つ。

星読み国を救い、守り、導いていく大神官には、並大抵の努力ではなれぬ。大神官が途絶ゆる時は、われら天海の民は存亡の危機を迎える。自然の猛威をはねのけることができぬゆえ、住み慣れた国を捨てて、新しい国となる星を求めてさすらう羽目に陥る。

われら天海の民が滅びぬように、渦巻きの中より秘めたる力を取り出せる次の大神官を何としても輩出せねばならぬ。

サザナミヤッコ船長よ、頼んだぞ。この逆境をバネにして、いかなる困難にも打ち勝つ強き子に霊弱児を育てて欲しい。この子が持って生まれた能力を発揮して伸ばしていけるように、占いウバと一緒に世話をしてくれ。

霊弱児は、宇宙に流して捨てるのではない。大神官になるための修行に出すのじゃ。

渦巻き模様は、我々「星読み国」の復活と再生の神聖な印。それゆえ、霊弱児もそなたたちも、渦巻きの印を染め抜いた衣服を身につけておれ』

と」

なるほどと、スグリは思った。

渦巻きは古代より神聖なる印として、天上界にある日読み国でも月読み国でも、下界ですら、柱・壁・壺(つぼ)・着る物・手ぬぐい、しめ縄などのいたるところに模様として刻まれ、魔除(まよ)けなどにもなっている。ただの模様でなく深い意味があったのだとスグリは納得した。

サザナミヤッコ船長の演説は、強い調子で続いた。

「選(よ)りすぐりの精鋭(せいえい)であるそなたたち百名と共に、船長のわたしは天(あま)の磐船(いわふね)に乗り込んだ。故郷を逃れ来てこの地に辿(たど)り着き、無我夢中で過ごす内に早十年の月日が過ぎた。

わたしには、乗組員全員に対する大きな責任がある。この地に住み始めた頃は、霊弱児様を守って、皆の暮らしがたちいくようにとそればかり考えていた。

日読み国の先住民の知るところとなり、侵略者として攻め込まれまっ殺されるのが一番こわかった。しかし、この地の人々は台風に見舞われ、その後の土石流や洪水などの被害を受け、しん酸(さん)をなめていた。見かねて干物などの食べ物を分けてやったところ非常に感謝され、それ以来温かい交流が続いておる。この頃は地域の人々やわれらの生活も落ち着いて楽になり、やっと一安心といったところだ。

そして今、皆が目にした通り、われらの悲願がついにかない、霊弱児様は何とも不思議な力を発揮なされてきた。ユラギ様の後継者は、ツバキ姫様だったのじゃ。

亡くなられた第一夫人も、このことをお知りになればどんなにお喜びになられたことか。

姫様のみ力がいや増せば、われらが星読み国へ帰還(きかん)する日も近かろう。

今少しの辛抱じゃ。

第二夫人を取り巻く神官たちが、姫様を殺(あや)めようと追っ手を差し向けてくる心配もある。いいか、皆の者、今まで以上に用心して慎重に暮らしていこうぞ」

「おおぅー」

という大歓声があがり、一同は肩をたたきあった。抱きあって喜んでいる者もいる。

「ツバキ姫様は、《宇宙の活力》をお引き寄せになることができる。

《宇宙の活力》は、万物の創世のもとになる絶大なる力。

姫様は、ユラギ様のお力をしっかりと引き継がれた」

占いウバ様が、嬉し涙で顔をくちゃくちゃにしてつぶやいた。

サザナミヤッコ船長は、ユラギ様にいつか報告できるようにと、天（あま）の磐船（いわふね）に乗船してからの出来事や、霊弱児様に関することを詳しく日誌に記録していた。立派な口ひげを満足そうになでながら、船長は今日の記念すべきできごとを特別太い立派な文字で書こうと考えていた。

スグリは、不思議な能力を発揮する愛らしいツバキ姫から目が離せなかった。

千里眼の祖母が、摩天崖（まてんがい）の辺りに変事が起きていると心配していたのは、星読み国から、日読み国へ逃れきた人々のことだった。いったいどのようにして宇宙を航海してきたものであろう。

サザナミヤッコ船長はただの船長ではなく、時空を超えて航行する天の磐船を操縦する偉大な船長だった。その他の者たちは、船長を支え、命がけの険しく苦しい旅を共にする優秀な航海の技術を持つ精鋭たちだったのだ。

天の磐船とは、屋敷の裏手に巨大なしめ縄が張られて大切に祭っている船の形をした岩のことだろうと、スグリは考えた。海岸より約八百六尺（二四一・八ｍ）程も高い摩天崖の上に、何故船が停めてあるのか不思議だったが、宇宙を航海してくる船というなら納得もいく。

カラス天狗（てんぐ）の双子（ふたご）の兄オナガが見たのも、これと同じかもしれないとスグリは思った。聖なる谷の岩肌（いわはだ）に、朱色で刻まれた船の形とも似てるように思えた。

下界に住むのは、自然を破壊し続ける鬼たち、

天上界には、農耕民の日読み族と狩猟民族の月読み族がいるが、天海を航海するという天海

の民の星読み族に初めて出会ったと、スグリは、皆どことなく品のある誇り高い人々を、不思議そうに見つめるのであった。

十五　霊弱児（ひよるこ）の意味

ツバキ姫の力は、日ごとに増してきた。

金色のライオンのひく輿（こし）に乗ったツバキ姫が、サメやドチザメを指一本で宙に浮かせるのを見て、男衆（おとこしゅう）は頼もしく感じ、嬉しさに笑顔がこぼれた。

女衆（おんなしゅう）はツバキ姫のいたずらが度が過ぎるので腹を立てていた。

大風呂に入っていた女衆は、広い湯船ごと三尺（九〇cm）程も持ち上げられていた。風呂たき当番だった下働きの女は、何の前触れもなく目の前で湯船が宙に浮いたので、恐怖のあまり気絶してしまった。

不思議な力を得て、ツバキ姫が大いに楽しんでいるのは間違いなかった。

ある日、巨大なズアカムカデと戦った村長と数人の村人たちが、摩天崖（まてんがい）の上に姿を現した。浜辺の方でなく、四季咲きツバキの生き橋のある東の方角から山側を通ってきたので、屋敷の者たちは誰も気がつかず、村人たちの姿を見かけた者はたいへん驚いた。

これまで生き橋を越えては、浅くしか山の中には入れなかった。なぜなら、カマイタチに体を裂かれ大けがをするか、または命を落とすしかなかったからであった。それ程恐ろしい山々を越えて、なぜ村長たちが山側から来ることができたのかはすぐ分かった。

一緒に姿を現した黒犬が、干からびた大きな化け物の死がいを誇らしげな様子でくわえていた。村長は、占いウバ様に語った。

「この黒犬は、わしらの仲間をたくさん食らった恐ろしいズアカムカデを退治してごした。

その上、不思議な治癒力を持っちょるんです。

ムカデに刺されたり、噛まれたりした者の傷をなくしてしまうことができるけん。ムカデの傷に腫れ上がった顔や体の傷も、この黒犬がちょっとなめると、すぐ治る驚きの犬だけん。

わしらが村のけが人や病人、それに年寄りなんかが大分助けられちょります。

もしかすると、ここのツバキ姫様のおみ足が治るかもしれんと思って、スグリ様という子と一緒にこっちに向かっちょるはずですわ。だけど、どうしたことかこの黒犬だけが村へ戻ってきてしまったけん。

口にくわえちょるのは、こわいもののけのカマイタチらしいですが、スグリ様はどうしちょるかと気になり、皆でこうして捜しにきたとこです。

巨大なズアカムカデにとって食われた数多くの死人のための、合同葬儀の騒ぎがなければ、わしらがスグリ様と奇跡の黒犬を案内してやってくるはずだったんですが。

子どもだけでこちらに向かわせてしまったことをたいへん悔やんでいるとこですわ」

スグリは、屋敷の中から裸足のまま飛び出していった。

「黒影。やっぱり無事だったんだね。

何と、お前はカマイタチをやっつけたのかい。すごいぞ。

わたしを捜して、ずっと崖の下の村々を訪ね歩いていたんだね。

海を越えて、薄荷のいた村まで行ったとは驚いた。黒影、お前泳ぎを覚えたのかい。

摩天崖から落ちたわたしが、まさかその上にいるとは考えつかなかったよね。

心配かけてごめんよ」

黒影は、スグリの姿を見るとカマイタチを取り落とした。その時、スグリの竹筒が一緒に地面に転げ落ちた。黒影はそれをくわえると、しっぽを風車のように振り回してスグリにかけよる。

「わたしの水筒だ。山の中で落としたのを拾ってきてくれたんだね。

黒影、偉いぞ。ありがとう」

全身に喜びをみなぎらせてはね回った黒影は、大好きなスグリに大きな体をこすりつけて甘える。スグリは夢中で、黒影の体をなで回した。

熊みたいな犬の出現に恐怖の表情を浮かべていた女衆は、黒犬がスグリの顔や手、裸足の脚をなめる様子を見て少し安心した。

占いウバ様からの知らせを受けた男衆は、摩天崖を飛び降りて間もないのに文句も言わず目を輝かせて屋敷に戻ってきた。姫様の足が治るかもしれないと聞いては、漁をする気も失せてしまっていた。

大きな竹かごに乗って、一番先に摩天崖の上に戻ってきたのは、アカヤガラとアオヤガラの双子だった。

「この黒犬か。奇跡を起こすというのは」

「それにしても大きい犬だのぅ」

黒影を差す男衆の日に焼けた指は節くれ立っていた。

「本当に犬なのか。嘘だろう」

「こんなに大きい犬などいるわけがない。熊ではないのか」

オキアンコウとクサビフグの二人が疑った。

ヤリマンボウは、先程釣り針をさしてけがした指を黒影の前につき出した。

「けがや病気を治すというなら、わしの指の傷で試してみよう」

メバルとナメタは驚いて叫んだ。

「何をするんだ。噛み切られるぞ」

「血に飢えたどうもうな目をしておる。用心するに越したことはない」

黒影は赤いザラザラした舌で、肉がえぐれて穴があき血が固まってこびりついている指をひとなめした。すると、傷も痛みもたちどころに消える。

「本当じゃ、痛みが消えたぞ。傷も治った」

ヤリマンボウは傷の癒えた指を皆に見せた。

皆は大歓声を上げ、大騒ぎになった。

「村長の言う通りじゃ。これはすごい」

「奇跡の犬というが、本当のようじゃ」

希望を持つには十分な出来事であった。試す価値はある。

体の柔らかいシャチブリが、でんぐり返しをしてすっとんきょうに叫んだ。

「ツバキ姫様が、霊弱児様でなくなるかもしれないぞ」

侍女たちも小躍りして喜ぶ。

「何て嬉しい」

「夢のようです」

屋敷の中から、ツバキ姫が姿を見せた。

姫の乗った輿をひいた二頭の金色のライオンは、巨大な黒犬を見ると興奮して、恐ろしげな鳴き声を上げた。危険を感じたツバキ姫は、輿を外す装置に手をかけてライオンと切り離す。サンゴとウミボタルの二人が急いでかけつけて、姫を輿から助け降ろすと、がっちりした体格のカイカムリが、ツバキ姫を抱き上げて軽々とその肩にかついだ。

二頭の雄ライオンはどう猛な本能を剝き出しにして、黒影に向かって突進し、容赦なく飛びかかった。

黒影は牙をむいて応戦した。ガオガオと鳴きながら、三頭は絡み合って戦う。

スグリは心配だった。せっかく会えたばかりの黒影が殺されてしまうのではないか。

雌のライオンは、女衆に囲まれたツバキ姫のかたわらに寝そべりながら、前足をなめなめ高みの見物を決め込んでいる。

黒影は、一頭の喉元にくらいつくと同時に、思い切り横倒しにした。勝負はあっけなくつき、『左足』は深手を負って立ち上がれない。身をくねらせると黒影は、背中にしがみついているもう一頭の後ろ足に噛みつき、首を荒々しく振って地面に振り落とす。向き直って正面からとびかかると、『右足』の金色の胸元に牙を立て無茶苦茶に引き裂いた。

皆、思わず顔をそむけた。重傷を負って横たわった仲間の姿を横目で見ると、雌のライオンは前足を突き出してグーンと伸びをしながら立ち上がった。黒影が身構えたその時、雌ライオンはくねっと身をしならせて黒影にこびた。科を作って気取った足取りで黒影に近づいていくと、身をすり寄せて甘えるしぐさをする。

とまどっている黒犬に、雌のライオンは、

（素敵だわ。あなたは素晴らしく強いのね）

と、ささやいた気がスグリにはした。

黒影は倒れているライオンに近づいて行って、傷口をなめてやる。

すると驚いたことに、二頭の体から流れ出していた金色の血が止まり、傷口が見る間にふさがったので皆は驚いた。二頭のライオンは起き上がり、黒影の足元へひれ伏して服従の姿勢を見せる。

鋭い目つきのクラカケギスが叫んだ。

「ツバキ姫様のおみ足も治るかもしれませぬな」

「早く早く、試してみましょうぞ」

シオフキらの期待は、否が応にも高まった。

サザナミヤッコ船長は、慎重に言った。

「待て。あわてるな。この黒犬は今戦いを終えたばかりじゃ。少し落ち着かせてからでもよかろう。大切な姫様に、もしものことがあってはいかん」

それもそうだと、皆は納得した。

アカヤガラとアオヤガラの双子が、水を張った大きなたらいを持参して黒影の前に置いた。黒影は美味そうに舌を鳴らして水を飲む。

「どうやら、この奇跡の犬は試してみる価値はありそうじゃ」

占いの結果がよく出たらしく、ウバ様は船長にそう告げた。

いよいよ、サザナミヤッコ船長の許可がおりると、

「さあ、黒影。なめてごらんよ」

と、スグリは言った。

占いウバ様は、ツバキ姫の着物のすそをまくり上げ、両足の白い足袋を脱がせた。姫のか細い頼りなげな両足が黒犬の目の前に差し出される。こわばった形相のウバ様は、いざとなったら我が腕を差し込んで、代わりに噛ませようと身構えていた。

それに比べツバキ姫は、スグリから何度も聞いていたため、初めて見たというのに黒影を信じきっている。

余りに無防備で無邪気な姫の様子に、屈強な男衆は皆唇を噛んだ。

黒影は、ツバキ姫の細い足をなめ回した。

「くくくく、くすぐったい」

と、ツバキ姫は笑った。

「さあ、もう十分でしょう。立ってごらんなさいませ、姫様」

占いウバ様は、ツバキ姫を後ろから支えて立たせようとした。しかし、姫の足はクニャクニャッと折れ曲がり、十一歳の軽い体重すら支えることができない。

サザナミヤッコ船長はじめ、肩に力を入れて見守っていた男衆はがっかりした。

女衆も残念がって、目頭を押さえた。

「キューン、クーン」（ぼくじゃあ、だめみたい）

という風に、黒影はスグリを見た。

スグリは、黒影の頭をなでた。

「大丈夫だよ。それでは、とっておきの薬を試してみよう」

スグリは、竹の水筒を取り出した。

ハナマルユキが屋敷の中から持参した古ガラスの入れ物に、スグリはトクトクトクと透明な液体をそそぎ、ツバキ姫に差し出した。

占いウバ様は両手を前に突き出して、飲ませまいとする仕草をした。スグリは笑顔を見せて、液体を一口飲んでみせた。えもいわれぬよい香りが辺りにただよう。

「これは日読み国が誇る奇跡の万能薬、幻の甘露水(かんろすい)だよ。旅の途中でカマイタチに襲(おそ)われた時、落としてなくしたのを黒影が拾(ひろ)ってきてくれた。

素晴らしい効き目があるんだよ」

スグリが再度すすめると、占いウバ様は古ガラスの入れ物を受けとり、恐る恐る中身を口にふくんだ。思いがけない美味に、ウバ様は絶句する。

一度飲んだら死ぬまで忘れられぬという幻の甘露水であった。体中にわき起こる血潮がたぎる力に驚いたウバ様は、強い期待感を抱く。

「姫様、ぜひ召し上がってごらんなされませ」

ツバキ姫は甘露水を喉(のど)を鳴らして一気に飲みほす。

その美味しさに眼を真ん丸くした姫は、空になった入れ物を差し出した。

「もっと飲みたい」

スグリはにっこり笑うと、甘露水を注いでやる。

ツバキ姫はたっぷりと飲みほすと、満足そうに音を立ててゲップをした。

息を飲んで見つめていた一同は、どっと笑った。

「美味(おい)しかったよ」

ツバキ姫は体の中にわいてきた力を感じて、自らすっくと立とうとした。

しかし、何度試みても立つことはできない。

金色の雄のライオン二頭は、

(大丈夫、我々がおります)

と励ますように、ツバキ姫に寄り添う。雌ライオンは黒影に寄りかかっていた体を起こし、心配そうにツバキ姫の方を見た。

黒影を案内してきた村長たちは勿論(もちろん)のこと、空飛ぶ民族はがっかりした。失意の余り涙を落とす者も多い。この地に逃れてきてこの方、姫様が歩けるようになるのを願い続けてきた。願いがかなえられることはあるのだろうか。皆、そんな日は永遠に来ないような気がしたのだ。

スグリは、心に感じたままを口にした。

「黒影がなめても奇跡は起きなかった。幻の甘露水でもツバキ姫様は立てなかった。ということは、姫様の足は病気ではないということなのかも。

そうだ、きっと。生まれつき歩けないというのは、姫様にとっては健康な普通のことなんだよ」

一生懸命に話すスグリの言葉に耳を傾けていた皆は、不審そうにつぶやいた。

「姫様の足は病気でない」

「霊弱児様であることが、健康で普通のことじゃと」

ツバキ姫は思い出すような目つきをして、きっぱりと言った。

「夢の中で出会ったお父様は、こう仰られた。

(足のことなどは気にせず、心をきたえるようにせよ。そなたはこれから、大勢の者をひきいていくことになろうから、強い精神力と忍耐力が必要とされるぞ)

と」

ツバキ姫は、ここ数日思いめぐらして、胸一杯になる程蓄積した思いを語った。

「これまでだって、ツバキは皆に大切にされて不幸ではなかった。

今では、《右足》と《左足》、それから《使い手》を授かり、自由に動けるようになった。

神聖な渦巻きの中から、《宇宙の活力》も好きなだけ取り出せる。

もうすぐ、ツバキは、自由自在に何でもできるようになる気がするわ。

足が立たないことなど、どうでもよいこと。

お父様は、人は皆何かの役割をになって生まれてくると仰られた。

ツバキが霊弱児としてこの世に生を受けたことにも意味がある。それはきっと、体や心にどんな障害がある者でも、誰もが生き生きと幸せに暮らしていける、そんな国づくりをするためなんだとツバキには思えてきた。

障害があっても不幸じゃないと、ツバキは皆に教えたい。そう決めつける人たちの心の方こそ病んでいるんだ。そんな物の見方や考え方を、直していきたい。

どんな人でも尊重しあい、大切にしあう関係を築いていける、そんな世の中に変えていくことが必要なんだ。ツバキにならきっとできる。

霊弱児として生まれたのには、そんな意味があるのだわ、きっと」

（すっかり頼もしくなられて。姫様の今のお姿を、母君様に見せたかった）

と、占いウバ様は目をうるませて思う。

女衆は嬉し涙にくれ、男衆も骨太の指で涙をぬぐった。

霊弱児様を擁(よう)して故郷を後にし、早十年がたっていた。皆、口には出さなかったが望郷の念はつのるばかりだった。本当に還(かえ)ることができるようになろうとは夢にも思わなかったが、十一歳になったツバキ姫が、金のライオンを呼び寄せ、大神官そっくりの手つきで神聖な渦巻きの中から、《宇宙の活力》を取り出すのを見た時から、多くの者が期待を抱いた。

「星読み国へ還(かえ)ろう。何としても」

誰からともなく声が上がる。

サザナミヤッコ船長も大きくうなずき、皆に聞こえる大声ではっきりと宣言する。

「見ての通り、ツバキ姫様は精神的に実にお強く成長なされた。

姫様は、《宇宙の活力》を自在にくり、大神官ユラギ様と同じ力も発揮できる。

我々は故郷へ還り、はっきりと姫様が大神官の後継者であることを主張せねばなるまい。

もしやすると、第二夫人とそのお子様を守り立てる神官らと戦闘状態になるやも知れぬ。しかし、姫様の不思議なお力を知れば、後継者は誰かはすぐ分かることじゃ。

星読み国を守り、もり立てていくのに敵も味方もない。皆喜んで迎えてくれるはずじゃ。

我々は星読み国へ、ユラギ様の元へ、今こそ還らねばならぬ」

「おおっ」

「還ろう、還ろう」

「今日は、前祝いの宴会を開こうぞ」

「それはいい。その席でどうすれば星読み国へ戻れるか相談をしよう」

と、一同は大いに喜んだ。

「スグリ様はわたしたちの恩人です。どうぞ、我々が遠い故郷へどうすれば還れるのか、お力になってくださいまし」

と、占いウバ様は、嬉し涙にくれながら言った。

ツバキ姫は、人なつっこくスグリの手をとる。

「スグリ。ツバキは毎日いろいろなことができるようになっていくのが楽しくてたまらない。どうか、この屋敷でゆっくりしていってね。一緒にいろいろなことをして遊びたいな」

姫の笑顔に、宮殿に戻る日を一日伸ばしにしてしまうスグリであった。

金の三頭のライオンも、黒影の手足をなめたり身をすり寄せたりして、崇拝(すうはい)している様子を見せていた。

十六　咲き分けツバキの生き橋

宴会が予定されていた日に、摩天崖を巨大な渦巻きである台風が襲った。はるか海の向こうから大量の雨と風が暴風雨となって運ばれてきた。非常に激しい風が吹き荒れ、垂直に切り立った岸壁の真下の海は大荒れになっている。

強い風をさけるように、森に囲まれて頑丈に建てられた屋敷も雨戸はガタガタとゆれ、強烈な風と雨の音が室内まで聞こえてくる。

金色のライオン三頭と一緒の部屋に避難させられた黒影を見に行ったスグリは、仲睦まじくしている様子に安心した。

宴会の料理は、何とも珍しかった。いたみやすいというサメの肉の刺身を初めて食べるスグリは、異臭がするが美味しいと思った。マカジキの味噌を添えて食べる刺身もあり、脂肪を多く含む肉の色は妖しいほど桃色である。海の幸ばかり並び、どれもなかなかの味わいだった。

サザナミヤッコ船長は、スグリにこれまでの苦労を話す。

「十年前、われらがこの地に到着した時も台風じゃった。大型で強く、この辺一帯は広く暴風域に巻き込まれており、今夜のように猛烈な風が吹き荒れておった。

われらは、天(あま)の磐船(いわふね)でこの地にようやくたどり着き、最悪の天候でも着陸する外なかった。

ユラギ様の力を持ってすれば磐船で引き返すこともできようが、われらにはそんな力はない。

台風にもまれ、突風に突き上げられるようにして、半ば転倒したまま大地に突っ込むしかなかった。

乗組員は皆、壁や床にたたきつけられて多くの者がけがを負った。

ユラギ様の第一夫人がいつの間に乗り込んでおられたものか。

貨物室の荷物置場にしのばれていたのに、当時は誰も気づかなかった。

第一夫人はくずれた荷物の下敷きになられて、多分即死だったに違いない。無残にも首の骨が折れ、両方の乳房から真っ白いお乳が流れていた。

われらは、そのお姿を見て皆泣き崩れた。

不思議なことに、命が失われた第一夫人の尊いお乳は流れつづけ、霊弱児(ひよるこ)様を七日間も養われた」

当時のことを思い出して、女衆(おんなしゅう)は涙をかくすため小袖(こそで)で顔をおおう。

男衆(おとこしゅう)も、漁で日焼けし節くれ立った指で目頭(めがしら)をおさえた。

ツバキ姫は食い入るようにサザナミヤッコ船長を見つめ、はじめて聞く話に耳を傾けている。

「台風がおさまるのを待って、われらは大地に降り立った。先ず雨や風をさける小屋をこさえるのが先決じゃった。天の磐船から荷物を下ろし、この異境の地での暮らしが成り立つようにと無我夢中で働いた。皆必死じゃった。

第一夫人がお乳を出して霊弱児様を養われている姿に心を打たれ、われらはふるい立った。やっと暮らしていかれるめどが立った頃、お乳は止まられたのだ。

夫人の亡きがらを埋葬する場所を相談している時に、まだ一歳になるかならないくらいの霊弱児様が、

『ツバキ、ツバキ』

と、仰った。ツバキの木は、吹き荒れた強風のために、深い谷に丸木橋ができたかのように倒れた古木一本しかなかった。間もなく枯れてしまうのだから、そこに亡きがらを埋めるのは止した方がいいと、皆躊躇した。

しかし、霊弱児様は、ツバキの古木を指さして泣き叫ばれた。

と。我々には、そう聞こえて仕方がなかった」

（ここ、ここ。ツバキ、ツバキ）

「そんなことがあったの」

と、ツバキ姫がたずねると、

「そうです。まことのことです」

と、ウバ様は涙声で答えた。

「ふうん、何にも覚えていない」

と、姫はつぶやいた。

「われらは霊弱児様に従って、倒れたツバキの根本に亡きがらを埋葬した。大神官ユラギ様の第一夫人ともあろうお方が、こんな辺ぴな土地で生涯を終え、倒れた木の根本などに埋葬されるなぞ、余りの情けなさにわれらは皆泣きくずれた。

しかし、不思議なことに毎年一重と八重の花びらをつけて咲き分けるツバキの古木は枯れなかった。倒れても谷をつなぐ生き橋として役に立ち、花をつけて皆を喜ばせ続けた。第一夫人の尊い母心が強く宿っているに違いない古木にちなんで、われらは霊弱児様をツバキ姫様と呼ぶようになったのじゃ。

ツバキの生き橋の奇跡を見る度、われらは希望と勇気を授かる。

ツバキ姫様こそ、我らの故郷、星読み国の未来を託すべく大切なお方。

我々乗組員全員の生きるよすがなのじゃ」

サザナミヤッコ船長の話は、皆の心に深くしみていった。

「あの台風では、地域の者たちも大打げきを受けておりました。大半の家が強風で屋根がこわされ、大雨が降って家の中が水浸しになっておった」

と、ウバ様も語った。

サザナミヤッコ船長は航海日誌を取り出してページを繰った。

「どれどれ、日誌には、『暴風雨や洪水による死者三十六人、十一人が行方不明、負傷者は三百人以上』と書いてある。

倒壊した建物の下敷きになり、手足を切断したり重体になったりした者も多かった。にもかかわらず、村里の者たちは自分たちの家の後始末がすむや否や、皆われらの住みかつくりを手伝ってくれた。自分たちが酷い目に遭っている時に、他人の世話などなかなかできることではないのに。

あの時は本当に助かった。どんなにありがたかったかしれない」

サザナミヤッコ船長の話を聞き、スグリは胸が熱くなった。ツバキ姫の脚を治してくれと語った村長たちの熱心な真剣な表情を、スグリは思い浮かべた。空飛ぶ民族と村人たちとの絆の深さを強く感じる。

船長は語った。

「台風による被害は広範囲に及んでいたから、親を亡くした子どもも多かった。中でも、お杉・お玉という幼い姉妹の生涯は悲さんじゃった。家族の全員を土石流で亡くした二人は、次々と親せきをたらい回しにされた上に人買いの手に渡り、とうとう末には、芝居小屋の三味線弾きになったそうな。

お金をぶつけると三味線のばちで受け止めるのが上手だと人気が出て、お祭りの時などには若者たちが大ぜい集まったという。誰が二人にうまくお金をぶつけられるか競争をして楽しんだという話じゃ。まったくむごいことをするものじゃ。一人二人が投げるのならいざしらず、大勢にいっぺんに投げられたらとてもさけられぬ。お金が額（ひたい）や頬（ほお）に当たって二人が痛がり身をよじるのを眺めて、若者たちは喜んでいたという。

村の者が見かけて、心を痛めて帰ってきたんじゃ」

スグリは宮殿の東側の誰も近寄らない寂しい場所に、お杉・お玉の森があることを思い出した。そこは、緑と赤の人魂が飛びかい、お杉・お玉の姉妹の亡霊として恐れられている。親のない子が流れ流れて、あの森にたどりつき死んだとすれば、余りにもかわいそうすぎる。親のない子でも安心して暮らせる国づくりが必要だと、スグリは感じた。

当時を思い出してか、一同は流れる涙を抑（おさ）えることができない。

ツバキ姫は、しっかりした口調で一同に言い渡した。

「皆、泣いちゃだめよ。ツバキはもう絶対に泣かない。

だって、お父様と約束したんだもの。お父様は、

『泣いているひまなどないぞ。これからは心を強くきたえよ』

と、仰（おっしゃ）ったのだもの」

こんな可愛い子を赤ん坊の時に、宇宙に流さなければならなかった父親はどんなにおつらかったろう。母親が生命をかけて赤ん坊の後を追い、自らの死後も守ろうとした気持ちがスグリには理解できた。

「ツバキ姫様、それにサザナミヤッコ船長と占いウバ様。

わたしと一緒に日読み国の宮殿に参りましょう。天帝であるおじい様や后であるおばあ様に相談すれば、ツバキ姫様のこれからのことや、星読みの国へ戻る手立てなど考えつくかもしれません」

スグリはここで初めて、自分が日読み国の後継者で、天帝のただ一人の孫娘であることを打ち明けた。少年だと思っていたスグリが少女だったことを知り、占いウバ様を除いた皆は非常に驚いた。ウバ様だけは、スグリを手当てした時に少女だと気づいていたが、子細があるのだろうと知らぬ振りをしていたのであった。

色白でほっそりした少女を、サメみたいにぶら下げて荒々しく竹かごに放り込んでしまったオキアンコウとクサビフグは、ギョッとして顔を見合わせた。それから申し訳なさそうにスグリを見て首をすくめた。

サザナミヤッコ船長をはじめとする一団には、ずっと恐れていたことがあった。

第二夫人の味方についた神官たちの手の者が、霊弱児様をまっ殺しようと刺客を送ってくるかもしれないという心配が常にあった。

日読み国の最高位にある天帝の保護を受ければ、安心できると思われた。しかし、スグリの言うがままに、祖父であるというこの国の天帝を信用していいものであろうか。

空飛ぶ民族と呼ばれ、摩天崖から飛び降りて漁をするという過酷な暮らしにも慣れてきた人々は不安な顔をした。

しかし、黒影の奇跡を目の当たりにし、スグリの影響と励(はげ)ましにより、姫様が精神的に成長して、何とも不思議な力を発揮するようになったことから、信じようとする意見が多かった。

「行きましょう、スグリ様と一緒に」

と、ヤリマンボウが力強く言った。

「我ら一同、一生ここでくち果てるのかと思いましたら、運が向いてきたのかもしれません」

クラカケギスも、明るい声を出した。

「故郷から金の像を取り寄せたり、聖なる印の渦巻きより宇宙の力を自在に取り出すこともできるようになったことからして、ツバキ姫様は十分後継者としての資質をお持ちじゃ。ぜひとも、我らは『星読み国』に還(かえ)りたきもの」

と、オキアンコウも叫んだ。

クサビフグとシオフキも賛成した。

「かけてみましょう。サザナミヤッコ船長」

「行動に起こしてみましょう、占いウバ様」

女衆も賛成した。

「スグリ様と行ってみましょう」

「きっとまたいいことが起こりそうな気がする」

「また、星読み国を見ることができるかもしれないなんて」

「家族にも会えるなんて信じられない」

「ここでこうして流されたまま暮らしていることは、われわれにとっては死んだも等しいこと。故郷に還れるものならば何としても戻り、第二夫人始め悪い神官たちをとっちめてやりたい。そのために命を落とすようなことになろうとも、少しも惜しくはない」

　メバルの決意が皆の結論となり、星読み国への帰還が決まった。

相談がまとまれば、大神官が我が子を託すために選りすぐった精鋭たちだけあって、行動に移すのは速かった。

　いつを出立の日にするか、早速占いウバ様が《おかゆ占い》をした。

　それは、穂の赤い神代米をおかゆにたき、一本の草の茎を入れておいて、たき上がったところでその中に米粒がいくつ入っているかを見る占いだった。

　ウバ様は、はっきりと七日後が吉日だと告げた。

　空飛ぶ民族が旅立つことをどこから聞きつけたものか、遠くからも人々が集まってきた。

　これまでは、いつも困った時は、摩天崖の恐ろしいほど高く長い階段を、命がけで上って占いウバ様に会いに来ていた。

　しかし、巨大な黒影がカマイタチを退治してくれたので、皆安心して山道を通れるようになった。人食いウナギの沼にさえ近づかないように気をつければ、キノコや山ぶどう、地竹、山菜などの山の幸が楽に手に入れることもできるようになり村人たちは喜んでいた。

空飛ぶ民族には、海が長いことしけて漁ができない時など食べ物を分けてもらい、また良質な魚の干物やくんせい、塩づけなどの保存方法を教わった。

村の暮らしはずい分楽になり、人々は空飛ぶ民族を真似て正五角形の星の形を身につけるようになった。心のよりどころだった空飛ぶ民族がいなくなるなんて残念でならない。

天の磐船の前に張られていた聖なる印、宇宙の渦巻きをあらわす大蛇のような太いしめ縄がはずされた。ナメタを始めとする空飛ぶ民族は、出発の準備に生き生きとして忙しそうにかけずり回っている。

ツバキ姫は、生き橋となったツバキの古木の元に墓参りをした。

「どんなことがあろうと、このツバキの木は一生忘れない。

倒れても生き続けて花を咲かせ、生き橋となって皆の役に立ち続けている。

わたしもこのツバキのような大人になって、きっと誰かの役に立つようにがんばる」

と、ツバキ姫は固い決意を声に出して誓い、母親の墓となった古木に別れを告げた。

その時、南の中空に広範囲に亘って彩雲が現れた。昼だというのに夕焼けよりも紅い雲であった。上部にいくにつれて虹のように黄色みがかって見える。刻々と形を変える美しい雲を見ながら、スグリにはそれがツバキ姫のこれからの幸せを約束しているように思われた。

摩天崖の下に住む近隣の村人たちは、ツバキの古木を大事に守っていくと語った。

空飛ぶ民族は、村人の一人一人に別れの挨拶をする。

「皆様がいなくなったら、本当に困ります。我々は路頭に迷うでしょう」

と、村人たちは口々に訴える。

スグリは約束した。

「年に何度か、黒影をよこしましょう。病気やけがなら黒影が十分治します。

その時、カラス天狗の兵隊を一緒につけて、あなた達の暮らし振りも見させます。

困ったことがあれば、必ず力になりますから」

安心した村人たちは、やっと笑顔を見せた。

村の古老は皆に説いた。

「わしらの都合で、いつまでも空飛ぶ民族にいて欲しいということは虫が良すぎるわ。ここに逃れて、流れてきた空飛ぶ民族が、故郷に帰りたいと言わっしゃるなら引きとめるわけにはいかん。わしらもわしらだけで何とか強く生きていこうや。

前からそうして生きてきたのだから、わけはねぇ」

ここ数年、空飛ぶ民族に余りに頼りすぎていたことを、村人たちは反省した。

スグリや黒影をも乗せて、摩天崖の上に十年もの間眠りについていた天の磐船は浮き上がった。帆もかいも使わずに、どうして重い岩でできた船が動くのかスグリには分からなかった。

渦巻きの中から、ツバキ姫が取り出す《宇宙の活力》というもので、宙に浮き動いているらしかった。

巨大な磐船が宮殿の上空に姿をあらわしたので、天帝や明の大臣天狗の鬼灯火たちは驚き警戒していた。広場に着陸すると、天狗の兵隊たちは緊張して戦闘態勢をとった。

しかし、千里眼として知られる后だけはにこやかに出迎えるので、宮殿の皆は驚いた。

天の磐船より降り立ったスグリに事情を聞くと、天帝は納得して言った。

「あい分かった。星読み国へ還れるように何とか力になってやろうぞ。それまで皆は宮殿でゆっくり休むが良い」

三頭の金のライオンが、天の磐船より降り立つと宮殿の皆は肝をつぶした。

しかし、スグリ姫様の愛犬と仲睦まじい様子を見ると、害をなさない何か高貴な生き物らしいと、皆は安心した。

天の磐船の乗組員を迎える宴会が催された。

サザナミヤッコ船長と天帝、占いウバ様と后は楽しそうに談笑していた。

皇太子日明は、照れたような笑顔をうかべ、頭をかきかきスグリを出迎えた。

「面目ない。今回の冒険旅行はぼくが馬鹿なことをしでかしたばかりに、ドクササコのたたりにやられてどうしようもなかったよ。あれはまさに拷問の痛みだ。絶えずやけ火ばしを押しつけられているような激しい痛みにおそわれていたよ」

ひすい王子も、切れ長の目を伏せて心からわびた。

「馬鹿なことはわたしもした。スグリ姫から毒キノコだと言われていたのに、言うことを聞かずに汁の中に混入させてしまった。

下手すると、皆のことを死なせてしまうところだったよ。本当にすまなかった」

薄荷が届けてくれた幻の甘露水のおかげで、皆は手足の激しい痛みがとれたと感謝した。

「もう少しで、行き違いになるところでした。そうならないで、本当によかった」

「ご無事でよかった、スグリ姫様」

と、天狗の鬼蜘蛛とカラス天狗の十足の二人も喜んだ。皇太子日明やひすい王子と一緒に、スグリ姫の後を追って旅に出るところだったという。

「それにしても、薄荷が持ち帰った幻の甘露水には助かった。なぜ、そなただけが手に入れることができるのか不思議でならぬ」

天帝は首をかしげた。数百人もの兵隊を何度探しに出しても、いつも見つかった例がなかったのであったから。

「わたしも不思議でなりません。むやみに探し回っている時は少しも見つからなくて、探し求めていない時に偶然発見するんです。黒影ときたら、幻の甘露水のありかを教えてくれる錫杖のお地蔵さまに、おしっこをかけてしまうんです。今度で二回目」

スグリの話に、皆はあきれて黒影を見た。

后は、若々しい声でころころと笑って言った。

「偶然すばらしいものを発見するのも才能の一つじゃ。

スグリ姫、それからよいか皆の者よ。いつも人や物事のよいところを見続けること。

それらをしっかり記憶しておれば、いつか役に立ち思わぬ成果を生むものじゃ。

この度の旅で、黒影は病気やけがを治すという不思議な力を授かったとか。

金の水槽（すいそう）を備（そな）えたお地蔵様は、実に気まぐれで変わりものらしいの。

黒影の奇跡がその証拠じゃ」

「クイーン、ワン」（すみません）

というように黒影が鳴いたので、皆は爆笑した。

十七　二そう目の天の磐船

　スグリ姫が戻ったのを祝い、また百名程の星読み国の客人を迎えての宴の準備をしていると、突如、上空に別の磐船が現れたので、宮殿の者たちは驚いた。

「いったいどうしたことだろう」

「よりによって、石造りの船が二そうもやってくるなんて」

「信じられん。岩でできた船が空を飛ぶなんて」

「水にも浮くのかしら」

　ツバキ姫たちが乗ってきた磐船と並んで停泊すると、集まってきた宮殿内外の者たちは物珍しそうにながめた。

　闇の大臣カラス天狗の千足は、空飛ぶ民族と同じ模様のはっぴを着た不思議な一団に縄をかけ、数珠つなぎにして天の磐船から降り立った。

「天帝様、こやつらです。数々の児童誘拐事件を引き起こして、日読み国を恐怖におとしめていたけしからぬ奴らは。ようやく一網打尽にとらえて参りましたぞ」

　千足は、重々しいしゃがれ声で報告した。

朱ぬりの巨大な丸柱が立ち並ぶ回廊から、一同を見下ろした天帝は言った。

「ご苦労。千足よ、でかした。しかし、どうしてこやつらは年はもいかぬ子どもばかりさらったのじゃ。よくよく取り調べよ」

「ははっ、分かりました」

縄(なわ)を打たれた一団は、天帝の後から様子を見に回廊に出てきた客人たちを見ると叫び声をあげた。

「ああっ、サザナミヤッコ船長だ。

船長、わたしです、わたしですよ」

「占いウバ様もいる。ああ、良かった、やっとお会いできた」

縄(なわ)でつながれた者たちは、口々に叫(さけ)んで身もだえした。涙を流す者もいる。

サザナミヤッコ船長は、顔色を変えて厳(きび)しい表情をした。

「ホオジロザメ船長の冷酷(れいこく)そうで危険な目つきは相変わらずじゃな。

毛むくじゃらな赤ら顔のオニヤドカリ、フサギンポの額(ひたい)の柔らかい突起、ノドクサリの幅広い頭と、腰をしぼったその華美な服装は忘れられるものではない。

とうとうそなたたちは、霊弱児(ひよるこ)様を殺害しに参ったと見えるが、来るのが少し遅すぎたようじゃな。霊弱児様は今ではただのお子様ではない。精神的にそれは強くおなりになられて、既(すで)にお父上様と同じみ力も身につけておられる成長ぶりじゃぞ。

神秘なる《宇宙の活力》を自在にくることができる故、もはやそなたたちの手には負えぬわ」

ホオジロザメ船長は、沈着冷静な顔にパッと喜びの色を浮かべる。

「やはり、そうであらせられましたか。

実は、第二夫人や神官たちが逃げ出したのでございます。第二夫人のお子様は不思議な力を受け継いではおりませんでした。

今や、星読み国は、これまでにない危機にさらされ、海が今にも押し寄せてきて、国土が水没しそうな有様です。

人民はたいへん疲弊(ひへい)しており、このままでは数年もたたぬうちに、我々は新たな星を求めて流浪(るろう)の民になることは間違いありません」

「何じゃと。ユラギ様がおる限りそんな心配はないではないか。でたらめを言うでない」

サザナミヤッコ船長は、追っ手の者たちをにらみつけた。

ホオジロザメ船長は痩(や)せた頰を青ざめさせて、大きなため息をつくと話を続けた。

「国家再建の中心となるべき指導者の大神官ユラギ様は、病の床についており、たいへん弱っておいでなのです。

元々、ユラギ様は霊弱児様をお手元で育てたかったのですが、第二夫人の味方についた大勢の神官たちに説(と)き伏せられ、心ならずも星読み国から追放されてしまいました。

そのことをずっと後悔なされて、ご自分を責め続けておられたのです。

ユラギ様の悲しみに追い討ちをかけたのが、第一夫人の失そうでした。

『あれは薄情なことをした馬鹿なわしを捨てて、愛する子どもを追っていった。

ああ、心配でならぬ。どうか、無事であればよいが』

と、嘆かれておりましたが。その内、

『第一夫人は亡くなった。もうこの世にはいない』

と、仰られるようになりました。

その頃からユラギ様はふさぎこまれる日々が多くなり、体調が思わしくなくなられたのです。霊弱児様を宇宙に流した浜辺に、お子様をしのぶ金色のライオン像を建立なさいました。

ユラギ様は、毎日夕刻になるとお寂しそうに金色の像の側にたたずんでおられました。一年に一頭ずつライオンは増えていき十頭になりましたところ、ある日、三頭がこつぜんと姿を消してしまったのです。

ユラギ様はこう仰せになられました。

『修行に出したわが子が会いに来た。歩けないのが口惜しいと悲しんでおった。

我が子は、未だに霊弱児なれど実に頼もしく育っておったぞ。

皆のために役に立つ者になりたいと、立派な望みをわしに語って聞かしてくれた。

わしはほうびに金の像を三体与えた。もともと、あの子のために建てたゆえ、あの子のものじゃからな。あの子は喜んで金の像を自分の元へ引き寄せ、どこぞへ見事に連れて行きおった。

霊弱児に生まれついても、それ程の力を身につけた者こそ、わしの後継者じゃ。皆の者、一刻も早くあの子を捜し出して、ここに連れて参れ』

それで、我々がこうしてつかわされてきたのです。

第二夫人たちは、霊弱児様がお戻りになられたら仕返しをされると恐れたのでありましょう。大あわてで逃げ出されました。その折、様々な宝石などを盗んでいかれましたが、

『よいよい。その気になれば宝石などいつでも取り返すことはできるが、子どもがおるゆえかわいそうじゃ。母親は違っても、あの子の弟に変わりはないからな』

と、ユラギ様は仰いました。

《宇宙の活力》を用いて、ユラギ様は自在に宝石をつくれますから、少しぐらい盗まれてもお気になさらないのでしょう。

そういうわけで、我々はこの国に参り、人知れず霊弱児様を捜しておりました。

ユラギ様の厳命を受け、霊弱児様を星読み国へ帰還させんがためでございまして、決して、決して霊弱児様を殺害しに参ったのではありません」

その時、建物の陰から金色に輝く雌のライオンが現れた。

「おお、ユラギ様の仰られた通り、三年目のライオンだ。霊弱児様が呼び寄せたなら、間違

いなく霊弱児様はこの地におられるはず」

「会わせてください」

「どうか、会わせて下され」

　ホオジロザメ船長と部下の船員たちは、縄に縛られた身をよじりながら必死の形相でこん願した。

　二頭の金色のライオンが並んで、宮殿の奥からツバキ姫を輿に乗せて出てきた。

「わたしはもう霊弱児ではないぞ。これからはツバキと呼ぶが良い」

　りんとした声で、姫が宣言した。

「一年目と二年目のライオンじゃ」

「それでは、このお方が」

　オニヤドカリをはじめとする船員たちはざわめいた。

「しかし、おかしいな。その格好は姫宮様ではありませぬか。

　我々が捜しておるのは若宮様なのですが」

　眉根を寄せたホオジロザメ船長も、疑い深い目つきをしてツバキ姫をじろじろ見た。

「姫宮の身なりは世をしのぶ仮の姿。いつ、暗殺者が現れるかもしれぬゆえ、我々は細心の注意を払って養育していたまでじゃ」

　占いウバ様は鋭い剣のように眼を光らせて、ホオジロザメ船長らをにらみつけながら言った。慈愛に満ちた眼差しをしている優しいウバ様とは別人のように、威厳のある頼もしい姿であった。

宮殿の者は、皆驚いた。

スグリ姫の侍女のアザミは、口をポカンと開けて言った。

「うそっ。ツバキ姫様が若宮様とは」

「いやはや、驚いた。何ということじゃろう」

「こんなことがあるなんて、信じられぬ」

と、天狗の鬼灯火も、カラス天狗の千足も驚きを口にした。

ツバキ姫は、あっけにとられているスグリに向かい、

「そなたも少年の振りをしてたから、おあいこだね、スグリ姫」

と、いたずらっぽく笑った。

日読み国の后は首をかしげた。名高い千里眼をもってしても、今の今まで男の子だと気づくことができなかったからだった。

「はて、ツバキ様は何と素晴らしいお力をお持ちじゃ。わらわの千里眼など見事にはね返しておしまいになる」

黙って成り行きを見守っていた天帝は言った。

「千足よ。その者たちの縄をといてやれ。ツバキ様を捜して大分苦労したようじゃの。わが国

はたいへん迷惑したが、事情を聞けば納得もできる。民衆にはおふれを出し、被害にあった者たちには、わしから見舞いの品などを届けさせて安心させてやろうぞ。

　これより客人の皆々は、星読み国へ帰還する方法を相談したらよかろう。

　わしたちも、できる限りの支援、援助をする所存じゃ」

　ホオジロザメ船長一同は、深く頭を下げて感謝の気持ちを表した。縄を解かれて自由になった上、宮殿の宴席に招かれてたいへん恐縮していた。

　サザナミヤッコ船長の配下の者たちと顔見知りの者も多く、遠い故郷の家族の消息や近況をたずねたり、知らせたりして皆の話ははずんだ。

　二人の船長は、いかにして天の磐船を星読み国へ帰還させるかを熱心に検討する。

　サザナミヤッコ船長は言った。

「海を渡る《水行》や、海岸沿いや陸を伝う《陸行》とは大きく異なり、空を渡る《天行》は難しい。星読み国から、降りてくるのはそれ程たいへんではないが、戻るのは一苦労じゃ。しかし、ツバキ様は既に相当な力をお持ちになられている。航海術に長けている我々天海の民に不可能はない。何とか考えてみようぞ。

　太陽と我々の故郷星読み国は、朝と夜に一番先に輝くあの大きな明星が目印だが、それが丁度この日読み国から見て一直線に並んだ時が最適だと思われる。

　しかも月は三日月にあらず満月に限るな。

うむ、わたしの計算では、太陽と金星とこの国が一直線に並び、しかも満月の日となると……。ううむ、いつじゃろう。何年もかからねばよいが。

おお、その時は今から三十日後に訪れる。それを逃がすと、次は八年後となるから、何としても今年中に帰還したいものじゃ」

ホオジロサメ船長も言った。

「わしの計算でも三十日後と出た」

黙って話を聞いていた天帝は、二人の船長に質問した。

「そなた方の実に驚くべき点は、何とも素晴らしい船を持っていることじゃ。

スグリ姫から聞いた話では、天の鳥船は、鳥が飛ぶより早く海を行き来できるそうな。また、天の磐船は宇宙を航海できるとか」

サザナミヤッコ船長は、答えた。

「宇宙の《ゆらぎの法則》という力を用いれば、航行は可能であります。その神秘なる力を自在に取り出し、操ることができるのが大神官ユラギ様と仰るお方で、そのみ力で国の危難に立ち向かい、国民を守り導きながら星読み国を治めております。

ユラギ様となられるお方の出現は、なかなか難しいのです。代々、大神官の血筋に現れるのですが、時には数百年にもわたり現れないこともあり、そんな時には国は水没し、火山の噴火などが起きて住民が住めなくなることも多いのです。我々は住み慣れた星を捨てて、天の磐船に乗り込み、新たなる星を探し求めて宇宙をさすらうしかなくなるのです」

　ホオジロサメ船長は、思わず叫ぶ。

「今がまさに、星読み国の存亡にかかわるような一大事なのです。ツバキ様のご帰還が切実に待たれておりまする」

「成る程な。しかし、宇宙の神秘なる力とやらは、どうやって取り出すものであろうか」

と、真剣に耳を傾けていた后も尋ねた。

　大きな声を出してしまったホオジロザメ船長は、はやる気持ちを抑え冷静になろうと努力しながら説明する。

「宇宙はすべて大星雲という巨大な渦巻きから生まれてきたといいます。その中に秘められているものすごい力を、大神官ユラギ様は取り出して破滅に陥りそうな国を救うことができるのです。

　ユラギ様に直接聞いたことがあるのですが、《ゆらぎの法則》の数式さえ解ければ、誰にでも宇宙の神秘なる力は取り出すことができるそうです。しかし、正しい使い方をしなければ、それは恐ろしい破壊的なことが起きるので、数式は解けない方がいいのだとも仰っていました」

　日読み国の者たちは、恐怖で心が凍りそうな気がする。

　サザナミヤッコ船長は言った。

「できることなら、どこか地の霊気に満ちた場所があれば天の磐船はいっそう浮きやすくなるのだが」

ホオジロザメ船長もうなずいた。

「大地の霊気に満ちた場所であれば、ツバキ様も《宇宙の活力》をいっそう取り出しやすくなられます。そんな場所がどこかにないものでしょうか」

「ありますとも。聖なる谷ならぴったりです」

スグリが、にっこり微笑んで言った。

「そうだ。きっとあそこなら大丈夫だ。

岸壁に、天の磐船とまるでそっくりの磐船の絵が描いてあった」

と、皇太子日明が叫んだ。

ひすい王子も身を乗り出して言った。

「昔、あそこから天の磐船が飛び立ったことがあるんだ。それを記念して古代の先人が朱ぬりの船の絵を描いたに違いないよ、きっと」

天帝が宣言した。

「自然の精霊が群れ集まる聖域じゃ。それではあそこに祭壇を築こうぞ。一ヶ月もあれば間に合うはずじゃ。われらも舞など奉納し、ツバキ様はじめ天海の民の皆々が無事に、星読み国へ帰還できるように祈ろうではないか」

后も、微笑んで言った。

「帝、それはよいお考えですこと。わらわもぜひ舞いたきもの。祭宮の者たちも総出で、スグリ姫やひすい王子と一緒に、ツバキ様たちの無事なご帰還（きかん）を願って盛大に舞いましょうぞ。金、銀、赤、青に輝く美しき星々の舞を」

スグリ姫の顔が、パッと輝いた。

「おばあ様と舞うことができる」

「スグリ姫と、念願の連れ舞ができるぞ」

と、ひすい王子も感激した。

「祭宮をあげて大祭礼を催（もよお）し、極上の舞楽（ぶがく）やお神楽（かぐら）を奉（たてまつ）りましょう。わたくしも、ぜひ舞わせていただきまする」

祭宮取締役の柿葉（かきは）もそう述べたので、スグリ姫は勿論（もちろん）のこと、天狗の鬼灯火をはじめ皆は大喜びした。

「素晴らしき舞の競演じゃ」

「見たこともない舞台になるぞ。決して見逃せぬな」

日読み国の者たちは、ワクワクしてその日を待ちわびるのだった。

十八　星読み国への帰還

天帝からの詔が出され、星読み国から来た天海の民の『天行』による無事な帰還を願って、日読み国をあげての祭礼が挙行されることになった。

『月は満月たそがれ時に、宮殿の南をずっと下った絶壁のある《聖なる谷》で、日読み国のお后様が舞われる』

と、伝え聞いた者たちは、遠くからも紅葉が燃え立つ聖なる谷に続々と大勢集まってきた。后の大巫女時代の舞姿を目に焼きつけている者も多く、その完璧な舞姿は伝説として語りつがれていたから、皆の期待は高まるばかりだった。

昼間から、神主や巫女たちの舞楽や神楽が、早めに集まってきた群衆を楽しませていた。赤や黄色のツタやカエデ、ヌルデ、カツラ、ケヤキ、ヤマウルシ、ガマズミ、ナナカマド、トチノキなどの一面の紅葉の中、けんらんたる衣装に身を包んだ独舞や群舞は、それはあでやかで見事であった。

太鼓方の腹にズンズンと響くような迫力、笛方の心を癒すような音色に皆満足しながら、色あざやかなハウチワカエデやコナラの根本にゴザを敷いて、持ち寄ったご馳走に舌鼓を打っていた。

いよいよ、皆が待ちに待った演目が催されることになった。

金の星の扮装をした后は、昔と少しも変わらず神々しかった。観客は皆、本当に不思議な美しいお方だと目を見張る。幼少から厳しい修行を積んだ后の舞は、ち密な演技を積み重ね、深い情感を表現する秀逸なもので、皆の目は釘づけ状態になる。

銀の星の装束をした柿葉の名声も、日読み国はおろか月読み国にまで知れ渡っている。美貌と美声の持ち主であり、その舞と歌声は、日読み国の宝として鳴り響いていた。柿葉には若い頃から熱烈な崇拝者が大勢いて、端正で華やかなお姿やお顔が拝めるとあれば、仕事も家庭も投げ捨てて集まる者が、今でも数知れずいるのだった。

芸の至宝ともいうべき后と柿葉の舞を両脇に従えて踊るのは、赤い星に扮したスグリ姫と、青色の星を演ずる月読み国のひすい王子である。

優雅で一分のすきもない后と柿葉の舞に、勝るとも劣らない技量を持つスグリ姫と、長いこと念願していた連れ舞をしながら、ひすい王子は幸せそうな笑顔を見せた。

スグリ姫に憧れ、少しでも姫の舞に近づこうと練習に練習を重ねてきただけあり、ひすい王子の舞は、父親である月読み国王ホスルや皇太子日明の素人目にも、格段に上達していることが見てとれる。繊細で優美なスグリと、力強く時に斬新なひすい王子の舞は対照的で実に見栄えがした。

金と銀、赤と青色の星々の舞の競演を、人々はうっとりと見つめながら、胸をときめかす。天の海原を表す蒼い着物を着た大巫女や巫女たちの舞は、一糸乱れずさすがである。美女揃いの祭宮で知られているだけあり、特に鬼灯(ほおずき)火や鬼蜘蛛(おにぐも)はじめ天狗(てんぐ)の一族は陶酔(とうすい)しきった顔つきで舞に見入っていた。

舞台のはしに設けられた一際(きわ)高い段には、薄紫に煙(けぶ)る星雲に扮(ふん)した羽衣(はごろも)先生が舞っていた。舞を指導して長い羽衣先生は、むだのない所作で、さして動かずとも夜空の神秘的な星雲を体現し、見事なまでの静の舞の極致(きょくち)をみせている。

くるくると旋回したり、高い跳躍(ちょうやく)をしたりと、激しい動きを見せながら時折舞台を横切っていくのは、若い天才肌と評判の踊り手であるカワセミ先生であった。彗星(すいせい)にふんして出てきては観客を魅了して去り、再び登場しては流星の舞で皆を魅惑する。

占いウバ様とサザナミヤッコ船長に両脇を守られ、二頭の金のライオンの引く輿(こし)に乗って舞を見ていたツバキは、舞台の中央に輿(こし)を進めて皆を驚かした。スグリ姫とひすい王子の間に立つと愛くるしい笑顔を見せて、ツバキは観客の方へ両手をかかげた。

すると、金、銀、赤、青色の握りこぶし大の火の玉が、ツバキの手のひらから無数に現れ飛び散った。それらは、無台いっぱいにあふれ観客席にも広がり、きらきらと輝いて飛び巡る。まさに、美しい星々が《聖なる谷》に降りてきたようで、その美しさ、まばゆさといったらなかった。

輝く火の玉が自分たちの周りを色鮮やかに飛び巡るという不思議な出来事に、人々は一生忘れられない体験だと感激した。

　サザナミヤッコ船長は目をうるませ、今日の航海日誌には日読の国の方々とツバキ様との素晴らしい共演を書こうと心に決める。


《聖なる谷》いっぱいに放ったツバキの無数の火の玉は、やがて集結して混じり合うと巨大な紫色の火球となった。生命を持った生き物のように紫の光が流れていき、二そうの天の磐船にからみつくとたちまち全体を包み込む。

　ついに、別れの時が来たのであった。

　星読み国の優れた航海術で知られた天海の民である勇士たちは、皆胸を張り、誇らしげに天の磐船に乗り込んでいった。ホオジロザメ船長は、オニヤドカリ、フサギンポ、ノドクサリらを引き連れて、はじめに乗り込んだ。

　もう一そうの磐船には、メバル、ナメタ、オキアンコウ、ヤリマンボウ、クサビフグ、シオフキ、クラカケギス、カイカムリ、シャチブリ、アカヤガラとアオヤガラらの男衆が乗り込んだ。皆、つらい流浪の生活に終わりを告げて、晴れて故郷へ還ることのできる嬉しさに自然と頬がほころびている。

　カサゴ、サンゴ、ウミボタル、ハナマルユキなどの女衆もにこやかに手を振った。

日読み国の人々も、歓声をあげてそれに答えた。

占いウバ様はうるんだ眼をして、日読み国の后と抱擁を交わす。

「どうぞ、お気をつけになられて、ご無事でお帰りくださいませ」

后の心からの言葉に、占いウバ様のひとみから透き通った清らかな涙が転がり落ちる。いずれは国を背負って立ち、大勢の国民の運命を左右する力を持つ子どもたちを養育する二人の心は、深いところで通じ合っていた。

最後に乗り込むのはサザナミヤッコ船長と、二頭の金のライオンの輿に乗った見違える程きりっとした少年姿のツバキ。

ツバキは両手を挙げると、空中に渦巻きを描いた。その中から、キラキラ、トロトロと七色の虹のようにきらめく二つの宝石を取り出し、くっつけて数回もんで両手に余る大きさの正五角形の星形にした。

ツバキは、それをスグリに差し出す。

「わたしに」

驚くスグリに、ツバキは真剣な顔で礼を述べる。

「スグリは、ぼくのはじめての友だちだ。ありのままのぼくを好きになってくれたね。

そして、いっぱいいっぱい励ましてくれた。

摩天崖の上で踊った時のことは、いつまでも忘れないよ。

生きているだけでいいんだ。

生きていることを、ぼくはいつも喜ぶようになったよ。

心を開くと、何でもできるような気がする。

あの素晴らしい歌を教えてくれてありがとう。

スグリに出会わなかったら、きっと今のぼくはいない。弱虫のいじけた甘えん坊のまま、わがままを言っていつまでも皆に心配をかけ続けていただろう。

それではいけないと、君が気づかせてくれた。

薬師（くすし）の仙人やミツバチじいさんのように、
皆のために役立つような生き方を必ずしていくと、ぼくは誓（ちか）うよ」

スグリは感動する。

「ツバキ様、あなたならきっとできる。

わたしたちがたとえ出会わなくても、いずれあなたはそういうことに自分で気づき、立派な生き方をしていったはずよ。あなたってそういう人だもの。

わたしもツバキ様に負けない生き方をしていく。

親のない子も幸せに育っていけるそんな国づくりを目指したい。

心の中でいつもツバキ様のことを思い出しながら、わたしもがんばる」

スグリの両手に余る星形の宝石を目にして、人々は驚（きょう）がくした。

「金剛石（ダイヤモンド）だ」

「あんなに美しくて大きなものは見たこともない」

ただでさえ、宝物殿をいくつも持つ天帝の後継者であるスグリ姫である。

「しかし、何と言っても日読み国一番のお宝はスグリ姫様ご自身だ」

「そうだ。どんな宝玉でもスグリ姫様にはかなわない」


スグリ姫からは、既（すで）に古ガラスの容器に入った幻の甘露水（かんろすい）が贈られていた。

霊弱児（ひよるこ）の足には効かなかったが、病気やけがで苦しむ人々や年老いた者たちを助けるには、十分過ぎる程の驚くべき奇跡の万能薬であった。

また、竜が淵へも届けられ、頭部の深い傷がすっかり癒（い）えた竜神（りゅうじん）は再び姿を現すようになったので、日読み国の人々は安心したのであった。

残りは、后の体調を案じる天帝の命で、大切に保管された。

サザナミヤッコ船長からは、天帝に数本の巻物が手渡されていた。《ゆらぎの法則》や《天行》の仕組み、「天の磐船」の操縦（そうじゅう）法などが書かれた巻物で、貴重な書物を手に入れた天帝は喜んだ。

「有り難いことじゃ。わしたちは《水行》や《陸行》しかできぬゆえ、日読み国の最高の頭脳の持ち主たちにきっと解読させようぞ。

《天行》の方法や仕組みなどが分かれば、いつか我々も星読み国の方々のように天の磐船を繰り、宇宙の層を突き抜ける大航海をやってのける時代が来よう」

天帝と后からは、《幻の化け椿》が土産に贈られた。これは、七色の大輪の花を四方に伸びた枝々につけることで知られ、《七色椿》とも呼ばれ珍重されていた。

自分の名前にちなんだ土産に、ツバキは喜んだ。

「星読み国に還ったら大事に育てていくよ。生き橋となって役に立ち続けたお母様の木のように、ぼくも皆に喜ばれるような生き方をしていきたい。

お父様と力を合わせて、水没しそうな国土を守り、どんな霊弱児でも大切にされるような国づくりに励むつもりだ。

霊弱児であろうとも、生きていく意味は必ずあるはずだから」

ツバキは、並々ならぬ決意を胸に抱いているようであった。

大きくうなずくスグリ。

スグリは確信していた。ツバキ様は『星読み国』の危機をきっと救い、大神官に成長したあかつきには、障害をもつ者でも安心して暮らせる理想の国を実現していくに違いないと。

いよいよ、紫の光に包まれた天の磐船の厚くて硬い岩戸が閉じられた。

舞台の上や観覧席でも、天海の民の無事な帰還を願って皆一心に祈っている。

目を閉じて祈る薄荷の姿も見られた。スグリ姫の窮地を察して助けに行き、大量の幻の甘露水を持ち帰ったことでほめられこそすれ、無断で宮殿を抜け出したことへのとがめは一切なかったのだった。幻の甘露水が届けられた薬師の仙人はツチノコや三千年に一度実をつける桃と、幻の甘露水が大量に手に入ったため、研究が進むと感激したそうであった。

「フン。薄荷もなかなかやるじゃないか。

スグリ姫様が弱っておられる夢を見るとはたいしたものだわ」

と、姫思いの侍女アザミは、薄荷を見直した。

記憶の戻ったカラス天狗のオナガと双子のアオゲ、その父親らもひざまずいて祈っていた。星読み国の政争の事情を知れば、許す気持ちも起きた。誘拐の被害にあった家々に、天帝よりの多大なる見舞い品も届いたこともあり、激怒していた被害者の家族の心もすっかりなごんでいる。

人々は皆、同じ時間に祈りを捧げていた。

「宇宙に存在する壮大な渦巻き。
聖なる印である渦巻きの中より、
神秘なる《宇宙の活力》よ、出でよ。
二そうの天の磐船を、星読み国へ帰還させせん。

磐船（いわふね）の《天行》を、無事に導き給え」

と。


そのかいあってか、火球に包まれた二そうの磐船は見事に宙に浮き、辺り一面を神秘的な紫色の光で染めながら、ぐんぐんと空高く上っていった。

彗星（すいせい）の尾のような紫色の炎は、自らの意志を持つように様々な変化を見せながら、聖なる谷で祈る人々を照らし、何もかも全てにからみついた。それは不思議な光の現象であった。


時を同じくして、星読み国でも、大神官ユラギ様始め神官たちや全国民が、天の磐船を引き戻そうと祈りを捧げていた。

天の磐船の中では、厳しい顔をして船を操縦（そうじゅう）するサザナミヤッコ船長のかたわらで、ツバキが目をつむり、大神官と心の中で交信していた。

「お父様の元へ、ツバキは還（かえ）ります。夢の中ではなく今度は本当にお会いできるのですね」

「赤子のそなたを守れずに、苦労をかけてすまなかった。

早くそなたを抱きしめたい。首を長くして待っているぞ。

これからは、どのような霊弱児（ひよるこ）であろうと必ず慈（いつく）しんで育（はぐく）んでいく。

そんな国づくりを共にしていこうではないか。

それにしてもそなたの力はたいしたものじゃ。逆境をバネにして、よくぞ立派に成長してくれた。そなたこそ、待ちに待ったわが天海の民の希望の光。星読みの国民一同、大喜びで大神官の後継者を待っておるぞ」

「お父様は、以前、霊弱児（ひよるこ）であろうとなかろうと、誰にでも生きていく価値や意味があると、教えてくれた。お父様の教えをツバキは広めていきたい。霊弱児であろうと深く愛して、命を落としたお母様のためにもきっと」

ツバキは、これからの生活に対する期待と抱負で胸が高なっている。

二つの火球は空高く上り、やがて小さく消えていった。長く引いた尾がいつまでも空に残り、聖なる谷を明るく照らしている。

これから夜を徹して、日読み国をあげてのお神楽（かぐら）や舞踊（ぶよう）、謡（うたい）などの芸能が繰（く）り広げられることになっていた。聖なる谷を埋め尽くした人々は、皆心を躍（おど）らせてお目当てを探しては、一心に見つめて憧（あこが）れ、胸をこがして楽しむのであった。

舞台下に組まれた丸く太い柱の間、薄暗がりの片隅に、空を見上げて寄り添う影があった。魅惑の夜に包まれているのは、黒影（くろかげ）と金の雌（めす）ライオンであった。

きらめく星々の間を航行しているはずの天（あま）の磐船（いわふね）には乗らず、黒犬恋しさに雌ライオンは日読み国に残ったものであろう。

黒影は半分迷惑そうな、半分くすぐったそうな表情をしていた。
雌ライオンは、幸せいっぱいという風情で、黒影の顔をペロンとなめた。そしてしなっと甘えると黒影に体を預けて寄りかかり、満足そうにクスンと鼻を鳴らした。

完

著者プロフィール

野崎 ゆきえ（のざき ゆきえ）

1948年（昭和23）、福島県郡山市生まれ。
福島県内で小学校教諭となり、定年退職後に有機栽培の畑仕事を始める。
人類が築き、遺してきた文明の奥深さや不思議を訪ね、世界60ヵ国を旅する。
2004年『スグリ―もののけ祭り―』出版
・（社）全国学校図書館協議会選定図書
・（社）全国学習塾協会主催　第15回「全国読書作文コンクール」中学生の部対象図書
2021年『スグリⅡ―空飛ぶ民族―』出版

スグリⅡ ―空飛ぶ民族―

2021年6月15日　初版第1刷発行

著　者　野崎 ゆきえ
発行者　瓜谷 綱延
発行所　株式会社文芸社
〒160-0022 東京都新宿区新宿1－10－1
電話 03-5369-3060（代表）
03-5369-2299（販売）

印刷所　株式会社フクイン

ISBN978-4-286-22643-9